リンクス

矢月秀作

中央公論新社

目次

リンクス

プロローグ

先ほどまで晴れ渡っていた空を黒雲が覆い始めた。沸き立つ積乱雲《せきらんうん》は生き物のように天を這《は》い、あたりを闇に包んでいく。

警備ボックスに駐在していた石田貫太《いしだかんた》は外へ出た。

「こりゃ、すぐ雨が降るなあ」

空を見上げて呟《つぶや》く。

「ゲリラ豪雨ですかね」

ボックスの中にいた黒木衛二《くろきえいじ》も硝子《ガラス》越しに空を見た。

「そんな感じだな。風も冷たくなってきているし」

石田は言い、丸い眼鏡の縁を押し上げた。

石田と黒木は、お台場《だいば》にあるレインボーテレビの警備員を務めていた。

警備員といっても、様々な役割がある。社屋玄関で出入りする人物をチェックする者や車両の入口で送迎車やタクシーをチェックする者など。

石田と黒木は、荷物搬送のトラックが出入りする美術搬送用出入口という部分を受け持っている。その名称通り、撮影で使う小道具を運搬する車両や大道具に使う素材を搬入するためのトラックが出入りする専用口だ。

雲はみるみる青い空を染めていく。八月にはふさわしくないひんやりとした風が、通りの向こうに並ぶ街路樹の枝葉を揺らす。まもなく、ぽつりぽつりと大粒の雨が落ち始めた。

石田はボックスに駆け込んだ。

「さっそく降ってきたか。搬送の予定に影響が出なきゃいいがなあ」

硝子に落ちる雨の滴を見て、ため息をつく。

トラックが到着すると、運転手から搬入許可証を受け取って、積み荷を確認しなければならない。その際、外へ出なければならず、本降りになれば傘もさほど役に立たないので、どうしても濡れてしまう。

夏場の雨のシャワーは心地よいものだが、搬入素材によっては湿気を嫌うものもあり、いちいち荷台へ上がるたび、水滴を拭うのは面倒だ。何より、濡れるたびに眼鏡を拭かなきゃならないのが煩わしい。

石田は個人に貸与されているタブレット端末を操作し、搬入トラックの予定表を見た。午後一時半近く。午後二時過ぎまでトラックが入ってくる予定はない。

黒木は石田の手元を覗《のぞ》いた。

「あと三十分は、搬入なしか。それまでに止《や》んでくれればいいんですけどね」

硝子窓に目を向ける。

降雨は見る間に勢いを増し、ボックスの壁面を滝のように流れ、アスファルトに濁流を生み出す。遠くから雷鳴も聞こえてくる。

「こりゃ、荒れるな……」

石田は口をへの字に結んだ。

空を眺めていた石田の目が路上に戻る。と、水煙の中、右手から黒塗りバンボディーのニトントラックが近づいてきた。石田はトラックを目で追った。トラックの影がハッキリと石田の目に映る。トラックは速度を落とし、搬入口へ近づいてきた。

「おいおい、うちのトラックか？」

仏頂面《ぶっちょうづら》をする。

黒木はタブレットを操作した。搬入予定表を上から下にざっと見る。

「あ、石田さん。これじゃないですか？」

黒木は一つの枠を指差した。

石田が見る。正午に到着予定だったトラックの枠に〝未着〟という文字が赤く光っていた。

「ん？　こんな予定、あったか？」

人差し指でタップし、詳細を見てみる。二トン車で、人型オブジェ作製用のプラスチック粘土が運び込まれることになっていた。が、石田は首を傾《かし》げた。

「おかしいなあ……」

何度も詳細に目を向ける。

石田は、自分が担当する時間帯の予定は毎朝欠かさず確認し、そのほとんどを把握していた。各出入口の警備は企業防衛の最前線だ。慎重すぎるということはない。そうした危機意識と責任感を常に持ち、仕事にあたっている。それだけに、到着予定のトラックが未着であることを見逃すなど、自分の中であり得なかった。

石田は何度も画面をタップし、情報を確かめた。しかし間違いなく、本日の正午に到着予定のトラックだった。

トラックはゲートの前で停まった。運転手が警備ボックスの方を見ている。頭に白いタオルを巻いた若い男だったが、石田は初めて見る顔だった。

ドライバーがクラクションを短く鳴らした。

「石田さん、ドライバーが呼んでますよ」

黒木が促す。

が、石田はタブレットを睨んだまま動かない。

「どうかしました？」

「いや……どうしても僕の記憶にない予定なんでね。きちんと確かめたくて」

「見落としただけじゃないですか？　俺はこの予定、知ってましたけど」

「そうかもしれないが、念には念を。気になることは、どんな些細《ささい》なことでも確かめるのが、僕らの仕事だ」

「わかりました」

黒木は眉根を上げて、息をついた。

石田は警備ボックスを出て、大きめの黒い傘を差した。黒木がタブレットを取って続く。

雨粒が弾《はじ》け、頬に飛び散る。傘に重みを感じるほどの豪雨となっていた。

石田はドアを叩《たた》いた。ドライバーが窓を開けた。

「搬入許可証と伝票を見せてください」

石田の声が雨音に掻き消される。

「えっ?」

ドライバーが聞き返す。

「搬入許可証と伝票を!」

石田の声が大きくなる。

ドライバーはクリップボードに搬入許可証と伝票を挟んで石田に差し出し、窓を閉めた。

石田は傘を肩に抱え、黒木からタブレットを受け取り、搬入許可証や伝票を確認した。

飯山《いいやま》美術という会社のトラックだった。石田が知る限りでは、初めての会社だ。受付番号や承認番号を伝票、及び搬入許可証と突き合わせる。バーコードも読み取ってみたが、正規に受け付けられたものだった。ドライバー名は佐竹光郎《さたけみつろう》と記されている。

石田は再び、ドアを叩いた。窓が開く。

「すみません。免許証を」

「面倒だなあ。あんたのところは、事前申請していてもこんなにややこしいのか?」

「申し訳ない。確認するのが私の仕事でね」

石田が愛想笑いを向ける。

ドライバーは舌打ちをし、免許証を出した。

免許証の名前を確認し、顔写真と本人を見比べる。確かに佐竹本人だった。石田は免許証を返した。

「もういいか？」

佐竹が訊く。

「積み荷も確認させてもらいます」

「おいおい、いい加減にしてくれよ。こんなところでリヤドアを開けたら、プラスチック粘土が湿気ちまう」

佐竹は片眉を上げた。

「石田さん。ドライバーさんの言う通りですよ。開けるなら、屋根の下に移動してもらわないと」

黒木が言った。

「……そうだな。こっちへ入ってくれ」

石田は警備ボックス脇のスペースを指した。搬入出のトラックが混雑した場合の避難スペースだ。四トントラックが一台入れる程度の広さがあり、屋根のある場所だった。

佐竹は再び舌打ちをしたが、石田の誘導に従い、トラックをスペースに入れた。エンジンを切って車から降りる。

「早くしてくれよ。一時間半も遅れて、上からお目玉食らってんだから」

後部に回り、ドアを開けた。

石田は中を覗いた。アルミ製の箱の中に、全体の四分の三を占めるほどの白い塊が入っていた。荷台に上がって、奥を覗き込む。

「これは多いね……」

石田は荷台から降りた。

「知らないよ。俺らは頼まれたから運んでいるだけで」

佐竹が毒づく。

「秋には特番が続くから、それ用じゃないですかね？」

黒木が言う。

「推測で物を言ってはいけない。ちょっと確認させてもらうよ」

石田はタブレットで発注者を確認した。美術制作部の仲神一郎《なかがみいちろう》と記されている。名前の横には社内通話専用のＰＨＳの番号が明示されている。ベルトに下げたＰＨＳを取り、仲神の番号を入力した。通話ボタンを押す。まもなく、電話口に仲神が出た。

「仲神さんですか？　Ｅ５警備を担当している石田です。仲神さん発注のプラスチック粘土が届いているのですが――」

石田は仲神とやりとりを続けている。

黒木は佐竹と目を合わせた。佐竹が小さくうなずく。黒木は石田を見た。黒木には背を向け、仲神と話している。黒木はトラックの運転席に駆け寄った。ドアを開き、運転席のシートの背後を探る。

その指に硬い物が触れた。グリップをつかみ、物を引っ張り出す。拳銃だった。

ずしりと手のひらに重みを感じる。黒木は運転席に上半身を寄せ、胸元に銃をしまった。そして、後部に戻る。

「はい、承知しました。確認次第、大道具美術室へ搬入します」

石田が電話を切った。

「どうでした?」

黒木が訊く。

「仲神さんの発注であることには間違いない。あとは、荷物がプラスチック粘土であることを確認するだけだ」

「どうやって確認するんですか?」

「君は警備講習を受けなかったのか? プラスチック粘土のような物質は、携行できる爆発物検知器で確かめること。そう言われただろう」

「そういえば、そんなことを言われたような……。でも、爆発物なんて大げさじゃないですか?」

「そうだよ、警備員さん。俺をテロリスト扱いする気か?」

佐竹は眉尻を下げ、呆《あき》れ顔で双肩《そうけん》を竦《すく》めた。

「これも仕事なんだよ」

「そんなに人を疑ってると、ろくな死に方しないぞ」

佐竹は憎まれ口を叩いた。

「すまないね。もう少し待っていてくれ」

石田は苦笑し、警備ボックスに戻る。

稲光が黒雲の縁を這う。すぐさま、腹に響く雷鳴が空気を割る。雨は激しさを増し、周囲はしぶきで煙っていた。

黒木は石田についていった。

石田はボックスの端でしゃがみ、黒いケースを手に取った。ガスの検知器にドライヤーが付いたような形の専用検知器が入っていた。

「これが爆発物検知器だ。使い方も教わっただろう」

しゃがんだまま、黒木を見上げる。

「そういうものもありましたね」

「しっかりしてくれ。とはいえ、僕もこれを使うのは初めてなんだけどな」

黒木を見て、微笑《ほほえ》む。

黒木も笑みを返した。懐に手を入れる。

「初めてだったんですか。俺は何度も、そういう装置は使っていますよ」

「そうか。なら、君が調べてみてくれ」

「いえ。ここで使うことはありません」

「何を言っているんだ。今使わないで、いつ使う？」

「今もこれからも、その装置をあなたが使うことはない」

黒木は懐から手を抜いた。

手には銃が握られていた。銃口はまっすぐ、石田の眉間を捉えていた。

「どうした、黒木君？」

石田は呆気《あっけ》に取られていた。

「職務に忠実なあなたは嫌いじゃないですよ。でも、さすがに細かすぎです。さっさと佐竹を通していれば、俺がこれを握ることもなかったのに」

黒木は親指でセーフティーレバーを下げた。重い金属音が響く。

石田の相貌《そうぼう》が強《こわ》ばった。

「冗談……だよな？」

汗が滲《にじ》む。

「そうであればよかったんですが。残念です」

黒木の指が引き金に掛かる。

石田は両眼を見開いた。

「やめ――」

叫ぼうとした瞬間、暗い空に閃光が走った。

凄まじい雷鳴が轟《とどろ》く。

黒木の指は引き金を引いていた。

迅雷《じんらい》は銃声をも掻き消した。

雷光に白んだ風景が再び薄闇に包まれる。

銃口から硝煙《しょうえん》がたなびいていた。

ボックスの角には、眉間を撃ち抜かれた石田が寄りかかり、宙を見据えていた。

「あーあ、殺《や》っちまったな」

黒木の肩越しに、佐竹がボックス内を覗いた。

「いい人だったんだけどね」

黒木は石田を見下ろした。

「いい人が生き残れる世の中ではなくなったんですよ、石田さん」

そう呟き、石田を見つめたまま、背後にいる佐竹に銃を手渡した。

第一章

1

日向太一《ひゅうがたいち》は交番勤務を終えて本署へ戻り、私服に着替えていた。

私服はランニングウェアだった。ぴたりと張りついたウェアが日向の体の線を浮かび上がらせる。ほっそりとしたシルエットだが、腕や太腿は力強い筋肉で盛り上がり、胸板も厚い。腹回りを包む布にはうっすらと割れた腹筋の筋が浮いていた。

日向はロッカー前にあるウッドベンチに腰かけ、ランニングシューズを手に取った。紐を解き、足に被せる。

「よう、お疲れ」

顔を出したのは、田村敬《たむらたかし》だった。

日向と同じく、警視庁東京臨海中央署の地域課に勤める警察官で、警察学校の同期でもある。警察学校卒業後は別々の所轄署へ配属されたが、臨海中央署が新設されたのを機に同じ職場で働くこととなった。

担当する交番は違うが、交番勤務の警察官は交代後、必ず本署へ戻ってその日の報告をしなければならず、更衣室も本署にあるので、こうして顔を合わせることがままある。

田村は自分のロッカーを開けて帽子を脱ぎ、日向の姿を見やった。

「おまえも二当明けだろう？　走って帰る気か？」

「たった六キロだ。クールダウンにはちょうどいい」

赤いラインの入ったシューズの紐をきつく結ぶ。

「ほんと、おまえの体力は十代から変わらないな。化け物だよ」

「おまえが鍛えていないだけだ」

日向は田村の腹部に目を向けた。

制服のワイシャツのボタンを外すと、その下からぽってりとした腹がこぼれる。田村はワイシャツを開き、我が腹を手のひらでさすった。

「これが普通の三十男の腹だ。おまえの身体が驚異的すぎるんだよ」

毒づいて、ほてっ腹《ばら》を手のひらで打つ。

日向は苦笑した。

シューズを履き終え、立ち上がる。ロッカーからカメの甲羅《こうら》のようなベスト型ランニングバッグを出し、扉を閉め、ショルダーベルトに腕を通した。

「じゃあ、お先に」

胸下のマジックテープを留め、右手を挙げて更衣室を出る。

立番《りつばん》の警察官に挨拶をし、玄関前で屈伸運動を行なう。軽くストレッチを済ませると、日向は軽い足取りで走り始めた。

日向は、お台場地区を管轄する東京臨海中央警察署の地域課に所属する警察官だ。今年三十になる。階級も巡査部長に上がった。

日向の担当する交番は、ゆりかもめ線台場駅南西の都立潮風《しおかぜ》公園北中央口付近にある。テレビ局やショッピングモールがあり、海岸線沿いに公園が広がる湾岸地域が担当区域だ。

交番勤務は四交代制だ。午前八時半から午後五時十五分まで、本署での勤務に従事する日勤。同時間帯で交番に詰める第一当番。午後二時半から翌朝九時半まで交番に勤務する第二当番。それと第二当番明けの非番。地域課の警察官が四班に分かれ、日勤から非番までをローテーションし、二十四時間三百六十五日、絶えず街の治安維持にあたる。

夜間の勤務は日中の何倍も疲れる。パトロール一つにしても暗闇との闘いで、それだけ神経が張り詰める。ほとんどの警察官が、第二当番明けはぐったりとしている。

そんな中、日向は第二当番明けに、本署のある青海《あおみ》地区から自宅マンションのある豊洲《とよす》まで走って帰ることを常としていた。夜勤明けにもかかわらず、さらに六キロあまりのランニングに興じる日向の振る舞いは、臨海中央署でちょっとした名物ともなっていた。

青海からゆりかもめ沿いに海岸線を進み、有明《ありあけ》から東雲《しののめ》を抜け豊洲に戻る、というのが日向のランニングコースだ。時折、同じくジョギングに勤《いそ》しむ人たちとすれ違う。湾岸地区は、ランナーたちのジョギングコースやサイクリングコースにもなっている。走っている姿だけ見れば、日向は街並に溶け込んでいた。

ウエストプロムナードを横切り、青海一丁目交差点を右に折れ、青海駅方面へと走る。車が行き交う通りの向こうにはパレットタウンがあり、ヴィーナスフォートや大観覧車も目に映る。青海駅前には観光バスが何台も停まり、外国人客がぞろぞろと降りて、パレットタウンに消えていく。

日常の光景を傍目《はため》に見つつ、青海駅の高架下を過ぎようとした時だった。

悲鳴が聞こえた。

立ち止まり、声のした方を見た。

金髪の女性が指を差していた。その先に、ハンドバッグを胸元に抱えた中年男性が走っていた。立ち塞《ふさ》がった東洋人観光客男性に体当たりをし、突き飛ばす。中年男はよろけながらも人混みを縫い、パレットプラザという円形空間の方へ駆け込んだ。

「俺の前でひったくりとはな」

日向は笑みを浮かべ、車道に飛び出した。

目の前に自動車が迫った。車が急ブレーキを掛ける。けたたましいスキール音が響く。日向は迫る車のボンネットに手を突いた。左側のフロントをひょいっと飛び越え、さらに反対側へと走っていく。

青海駅前の道路は海側とパレットタウン側に二車線ずつあり、その間、中央のゆりかめのレール下にアンダーパスが通っている。アンダーパスの交通量は多い。

日向は一般道とアンダーパスを隔てる壁を飛び越えた。眼前に大型トラックのバンパーが迫っていた。トラックはブレーキを踏み込み、ハンドルを切った。

日向は腕立て伏せの要領で地面に伏せた。車底が浮き上がった髪の端を掠《かす》める。日向の背中の上をトラックが横滑りし、道を塞ぐ。後方でブレーキの音や金属がぶつかる音が響いた。

後部車輪が足下《あしもと》に迫ってきた。日向は腕立て伏せの体勢のまま、両脚を振り、かろうじて避《よ》けた。

トラックが停まる。運転手が降りてきた。車両の下を覗き込もうとする。

そこから突然、日向が飛び出た。運転手は驚いて息を呑《の》み、その場に尻餅《しりもち》をついた。

「すまない。警察だ。犯人を追っている」

日向はそう言い残し、アンダーパスの壁を乗り越え、走り出そうとするバスを手を挙げて止め、道路を横断しきった。

「きゃあ！」

パレットプラザから、女性の悲鳴が聞こえた。

日向は走った。吹き抜けの脇に二階へ上がるエスカレーターがある。中年男は他の客を押しのけ、駆け上がっていた。

「止まれ！」

日向の声がパレットプラザに響き渡った。中年男はびくりとして立ち止まった。

あまりの大きな声に、周囲にいた観光客まで動きを止めた。

中年男は我に返り、再び走り出した。エスカレーターを上りきり、東京テレポート駅方面へ走っていく。

「りんかい線で逃げるつもりか？　そうはいかない」

日向は走り出そうとした。

と、目の前を自転車が横切った。日向に気づいて、カップルがあわてて停まった。日向は自転車を見た。江東《こうとう》区臨海部コミュニティサイクルが貸し出している二十インチの小型自転車だった。

「降りて！」

若い男性に言う。男性は言葉に反応し、無意識に降りた。

「ちょっと借りるよ」

日向は自転車に跨《また》がった。

「……あ、おい！」

若い男性が呼び止める。

が、日向は勢いよくペダルを踏み込んだ。上りエスカレーターの前で横滑りで停まり、自転車を抱えて駆け上る。若い男性は見送るしかなかった。

エスカレーターを上りきり、再び自転車に跨がった。中年男はテレポート駅前の広場へ下るエスカレーターへ姿を消した。

「逃がさん」

男の残像を見据え、自転車を走らせる。通行人を巧みにかいくぐり、エスカレーターに迫る。

日向はスピードを落とさず、左にある階段へ突っ込んだ。

ふわっと自転車が浮き上がった。前輪が徐々に下がる。階段の中央で、車輪が接地した。激しい上下振動に見舞われる。階段を歩いていた数名の男女は驚き、左右へ避けた。勢いのまま階段を下りきる。

日向は男の姿を探した。男は東京テレポート駅へ上る階段へひた走っていた。

立ち漕《こ》ぎで加速する。自転車が左右に揺らぐ。男の背中が大きくなった。

階段が迫る。男は手前で振り向こうとした。

その真横を日向がすり抜けた。男がギョッとして立ち止まった。日向は後ろブレーキをかけて後輪を滑らせ、男の行く手を阻んだ。

「残念だな。観念しろ」

男を見据える。

男はハンドバッグを投げつけてきた。踵《きびす》を返し、元来た方向へ逃げようとする。

日向はハンドバッグを左手で受け止めた。

「しょうがないな……」

ハンドバッグを持ったまま、ペダルを踏んだ。

右手でハンドルを操作し、男の真後ろに付く。右手をハンドルの真ん中に握り替え、サドルから飛び降りると同時に、自転車を前に突き出した。

勢いの付いた自転車が男の背後にみるみる迫る。前輪が走る男の足にぶつかった。

男は足を取られ、ダイブした。うつぶせに倒れ、したたかに胸元を打ちつけ、息を詰まらせた。左手を突いて上体を起こそうとする。

日向は男の背中を踏みつけた。蛙《かえる》のような呻《うめ》きを漏らし、男の身体が沈んだ。すぐさま男の背中に右膝を落とし、押さえつけた。バッグからスポーツタオルを取り出す。男の両腕を背中側で絞り、両手首をタオルで結んだ。

「へっ。こんなタオルくらい、簡単に外せるぞ」

中年男は顔を横に向けて笑みを浮かべ、虚勢を張った。

「よく知っているな。確かに乾いたタオルは簡単に外せる。だが、乾いたタオルもこうすれば外れなくなる」

日向はバッグに入れていたスポーツドリンクのペットボトルを取り出した。キャップを開け、タオルを濡らす。タオルが水分を含むほどに、結び目がきつくなった。

中年男は顔をしかめ、起こした頬を地面に落とした。

周囲が野次馬《やじうま》で騒がしくなってきた。遠くから制服警官が走ってくる姿も目に映る。

「くそう……何なんだ、おまえは……」

言葉を吐き捨てる。

日向はバッグから身分証を出した。広げて、男の目の前にかざす。

「警察官だ」

そう言い、にっこりと微笑んだ。

2

日向が豊洲の自宅マンションに戻ったのは、午後六時を回った頃だった。

玄関口で声をかける。

「ただいま」

と、リビングのドアが開き、一人娘の七海《なみ》が飛び出してきた。

「パパ、おかえりー！」

廊下を駆けてきて、ジャンプする。

日向は七歳になる娘を抱き留めた。ランニングシューズを脱ぎ、廊下に上がる。右腕一本で娘を抱えたまま、リビングへ入った。

「おかえりなさい」

妻の実乃里《みのり》が対面キッチンの奥から日向に声をかけた。ビーフシチューを煮込んでいるようだ。濃厚なデミグラスソースの匂いが日向の鼻先をくすぐった。

「七海。ごはんの準備、手伝って」

実乃里が言う。

「うん」

七海は日向の腕から飛び降り、キッチンへ駆け込んだ。実乃里に渡されたコップや箸《はし》をせっせとダイニングテーブルに運ぶ。

日向はランニングバッグを下ろし、ダイニングの椅子に座った。

「あなた、先にお風呂に入る？」

「いや、先に食事でいい。昼を食いそびれたんで、腹が減った。ビールをくれるか」

日向が言う。

実乃里が冷蔵庫から三百五十ミリリットルの缶ビールを出し、七海に渡した。七海がとことこと持ってくる。

「はい、パパ」

「ありがとう」

微笑み、受け取る。

プルタブを開けた。炭酸が弾ける。日向は缶のまま喉に流し込んだ。冷えたほろ苦い炭酸が喉元を駆け下る。

「ふう……」

半分ほど飲み、息をつく。

実乃里がビーフシチューを注いだ皿を持ってきた。その後ろから、七海がフランスパンを入れたバスケットを持ってくる。

それぞれテーブルに並べると、実乃里はキッチンに戻り、茶碗にごはんをよそって日向の前に置いた。

「では、いただきます」

日向が手を合わせる。七海も真似をし、スプーンを取って食べ始める。

日向は娘を見て微笑み、自分もビーフシチューを口に入れた。

実乃里とは高校時代からの付き合いだ。実乃里が、日向が所属していた陸上部のマネージャーになったことがきっかけだった。

高校卒業後、日向は警察官となり、実乃里は大学へと進んだが交際は続き、実乃里が大学を卒業した後すぐに結婚した。実乃里の両親も日向をよく知っていたので、事はスムーズに運び、七年前のクリスマスに、七海が産まれた。

二十二歳で同級生と結婚し、警察官として規則正しい日々を送る毎日。高校時代の友人には退屈な人生だろうと言われるが、日向はこの限りない平凡に満足している。

日向の両親は小学三年生の頃に事故死した。それ以来、母方の祖父母に育てられた。祖父母は日向にとても良くしてくれた。淋《さび》しくないようにと、運動会や授業参観にも老体に鞭《むち》打ち、顔を出してくれた。祖父が亡くなり、一人になっても、祖母は日向に愛情を注いでくれた。

祖母は日向に大学へ行けと言った。しかし、高校まで育ててくれた祖母に、それ以上の負担はかけられなかった。

日向は進学せず、警察官となり、祖母の生活を助けていた。その祖母も、日向と実乃里の結婚を見届けた半年後、静かに息を引き取った。

今、家族と呼べるのは実乃里や義父母、それと七海しかいない。特に両親との暮らしの記憶が薄い日向にとって、妻と娘はかけがえのない存在だった。

「あなた。また、派手にやったそうね」

実乃里は日向を見据えた。

「パパ、悪い人を逮捕したんでしょ！　すごーい！」

七海が目をキラキラさせて、日向を見上げる。

日向は七海の頭を撫で、白い歯をこぼした。が、すぐに実乃里の視線に気づき、笑みを引っ込めた。

「目の前でひったくり事案が発生したんだ。警察官としては職務を遂行したまでだ」

「職務を遂行するためなら、玉突き事故を起こすようなことをしていいわけ？」

じっと日向を見る。

日向はバツが悪そうにうつむき、白飯《しろめし》を掻き込んだ。

日向たちが暮らしている豊洲のマンション群には、東京臨海中央署に勤めている警察官たちが多数いる。当然、奥様方のネットワークもある。署内で起こった出来事は、あっという間に筒抜けになる。

第二当番明けの日向の帰宅が午後六時になってしまったのは、ひったくり犯検挙後の事後処理をしていたからだった。

逮捕に関する報告書の作成は、一時間ほどで終わった。が、その後の六時間あまりは、始末書の作成に追われた。

青海駅前の道路を横切った際、アンダーパスでトラックを停めたため、合計七台の車が玉突き事故を起こした。怪我人がいなかったのは幸いだったが、上司にこっぴどく怒られ、多数の始末書を書くことになった。処分は後日、言い渡されるそうだ。

「パパ、自転車で飛んだんでしょ？」

「誰がそんなことを言ってたんだ？」

「未羽《みう》ちゃんが見てたんだって。カッコいいって言ってたよ」

七海が無邪気にしゃべる。

実乃里がため息をつく。

「犯人を追いかけるのは仕方ないけど、車が行き交う道路を横切ったり、自転車で階段をジャンプしたり。アクロバットじゃないんだから」

「申し訳ない……」

首を竦《すく》める。

「今日だけじゃないでしょう？　年に何度、そうしたトラブルを起こしたら気が済むの」

「いや、トラブルを起こしたくて起こしているわけじゃないんだが……」

「あのね」

実乃里は身を乗り出し、日向をまっすぐ見つめた。

「私は心配してるの。街の安全を守っている警察官という仕事に就いているあなたのことは誇りに思う。けど、危険と隣り合わせの仕事でもある。警察官を送り出す奥さんたちは、いつもどこにいても夫の身を案じているのよ。あなたは警察官であると同時に私の夫だし、七海の父親なの。少しでいいから、私たちのことも考えて」

日向は顔を上げた。実乃里はやや涙ぐんでいる。

「すまなかったな。気をつけるよ」

「うん」

実乃里は口元に笑みを浮かべた。

「パパ。明日、運動会だよ」

七海が全然関係ない話を始める。日向と実乃里は顔を見合わせ、微笑んだ。

明日、日曜日は自治会主催の運動会がある。

「あなた、明日、大丈夫なの？」

「公休を取ってある。いつも、七海と約束しても果たせないからな。年に一度のこの日だけは、何としても空けるよ」

日向は実乃里を見てうなずいた。

3

日曜日を迎えた。日向は実乃里と七海を連れ、豊洲第一小学校へ出向いた。徒歩五分のところだ。半袖Tシャツとジャージというラフな格好で出かけた。

午前八時を過ぎたばかりだが、グラウンドの周りにはすでに多数のビニールシートが敷かれていた。自治会の実行委員たちがテントを設営したり、グラウンドに白線を引いたり、競技道具を出したりしている。

「おはよう、日向君。今年も休めたんだね？」

声をかけてきたのは、豊洲タワータウン自治会長の菊谷《きくたに》だった。

元江東区役所福祉課長で、定年を迎えてからも自治会に深く関わり、地域に貢献している初老の男性だ。朝も早いというのに、白髪交じりの頭をきっちりと整髪料で整えているあたり、公務員時代の名残を感じさせる。

豊洲タワータウンには、高層マンションが三棟ある。ＡＢＣ棟と分かれているが、その三棟の自治を管轄するのが、豊洲タワータウン自治会で、そのすべてを取り仕切っているのが菊谷だった。

「この日だけは、臨海地区で爆破事案が起こっても休みますよ」

日向はそう言って笑った。

交番勤務の警察官は、非番の他に公休もある。しかし、事件はいつ起こるかわからない。緊急招集がかかれば、非番、休日に関係なく、出勤しなければならないのが警察官の常だ。そのせいもあり、七海と出かける約束をしても守れたためしがない。だから、この夏の自治会主催の運動会だけは何としても出る、と決めていた。幸い、運動会の日に緊急招集がかかったことはなく、毎年参加できている。

豊洲タワータウン自治会の運動会を提唱したのは、菊谷だった。

臨海地区は人口が急増している。世帯数が増え、小学生の人数も十年前の数倍に膨らんだ。児童が急激に増える中で、喫緊《きっきん》の課題となったのが、自治会と学校の連携だった。子どもを安心して育てるためには、街全体で情報を共有している必要がある。

本来、保安上の理由で、小学校のグラウンドを一般に貸し出すことはない。菊谷は区や都の教育委員会や警察関係の各所を根気よく回って地域の連携を説き、夏休みの一日だけグラウンドを地域住民に開放する許可を得た。

グラウンド周りには出店も準備されている。運動会が終わった後は、夏祭りが開催され、豊洲タワータウン自治会以外の近隣住民も楽しめるようになっている。これも菊谷のアイデアだった。

初めは賛否両論あったが、五年目を迎える今年は、近所の人たちもこの日を楽しみにしていた。特に年配者には、マンモス団地の夏祭りや運動会のようで懐かしいそうだ。菊谷は自治会や近隣の高齢者や独身者に警備も任せていた。高齢者たちは自ら進んで協力してくれている。

菊谷いわく、リタイアした人たちは社会との接点が希薄になるため、ちょっとした孤独感や隔世《かくせい》の感を抱くのだそうだ。また、独身者も厭世《えんせい》的な気分に陥りやすいという。菊谷が高齢者や独身者たちに積極的に声をかけているのは、そうした人たちを新しいコミュニティーに引き入れ、生き甲斐《がい》を与えるためという意味もあると、本人が語っていた。話を聞いた時、よく考えられているなと、日向は思った。

また、そうした地域の目には犯罪を抑止する効果もある。警察官にとってはありがたい話だった。

「そういえば、日向君。石田君を見なかったか？」

「いえ」

返事をして、グラウンドを見回す。

石田貫太は、豊洲タワータウンA棟に住む独身男性だ。面倒見が良く、自治会の活動にもよく協力している。

夏の運動会の時は、必ずテントの設営や出店の準備を手伝っているが、一通り見回しても姿はない。

「連絡はなかったんですか？」

日向が訊いた。

「ないんだよ。こっちから何度もかけてみたんだが、携帯は不通だし、家の電話は留守電になるばかりでね」

菊谷が眉根を寄せる。

日向の目も険しくなった。

石田が臨海地区にあるレインボーテレビの警備員をしていることは知っていた。警察官と同じく、夜勤もある仕事だ。時間が不規則な面もあるので、連絡が付きにくいということはあるかもしれない。が、まったく連絡が取れないという点には、ひっかかりを覚えた。

「わかりました。イベント中にも姿を見せなければ、俺からも連絡を取ってみます」

「頼むよ」

菊谷は言うと、別の場所へ小走りで駆けていった。

「石田さん、どうかしたの？」

実乃里が訊く。

「忙しいんじゃないかな」

日向は微笑み、実乃里を促した。

毎年、日向一家はグラウンド右奥に席を取る。グラウンドを横切り、いつもの場所へ近づく。と、女の子が走ってきた。

「未羽ちゃん！」

七海が女の子の名前を呼び、駆け出していった。

二人の女の子は手をつなぎ、飛び跳ねる。日向と実乃里はその様子を見て、目を細めた。

「未羽ちゃん、おはよう」

実乃里が声をかける。

「おはようございます」

太腿に両手を添え、ぺこりと頭を下げる。ショートカットで利発そうな女の子だ。七海よりは一回り背が高い。

嶺藤《みねふじ》未羽は七海の同級生だ。こども園でも同じクラスで、家が近いせいもあり、普段から姉妹のように連れ立っている。

嶺藤家は母子家庭だ。未羽の母、里子《さとこ》が仕事で忙しい時は、未羽を預かったりもしていた。家族ぐるみの付き合いだった。

「あ！　スーパーマンだ！」

未羽は日向を指差して、叫んだ。

日向は苦笑した。

「未羽ちゃん。昨日、おじさんの逮捕劇、見ていたんだって？」

「うん。ピアノに行く途中で。おじさん、すごかったねー。階段からびゅんって飛んじゃったもん」

未羽が嬉々《きき》として語る。

実乃里は未羽の脇に屈《かが》んだ。

「おじさん、どんなふうに階段を飛んだの？」

「ジェット機みたいにびゅーんって！　すごかったよ！」

「そう」

微笑みながら、日向を見上げる。目が笑っていない。日向の笑みが凍った。

「未羽ちゃん。七海も」

実乃里は二人の女の子を交互に見つめた。

「そういうのって格好良く見えるけど、自分が怪我をしたり、歩いている人に怪我をさせたりすることもあるの。あなたたちは、絶対に階段から飛ぶなんてことはしちゃダメよ」

「はーい」

未羽と七海は無邪気に返事をした。日向はバツが悪そうに口角《こうかく》を下げた。

「七海。未羽ちゃんの隣にシートを敷いてきて」

トートバッグからビニールシートを出す。

七海はシートを受け取り、未羽と一緒に広げ始めた。バサッと揺らすと、グラウンドの砂が舞い上がった。

「こら！　静かに敷きなさい！」

実乃里は砂ぼこりを手で払い、咳き込んだ。

ジーンズにボーダーのトップスを着たスレンダーな女性が微笑みかけた。

「おはよう、実乃里さん」

「おはよう、里子さん。仕事、大丈夫なの？」

「ええ。年に一度のお祭りだもの。今日の仕事は後輩に預けてきた」

大きな双眸《そうぼう》を細める。

嶺藤里子は三十二歳になる女性だった。目鼻立ちが整っていて、ショートボブの髪型が知的な印象を与える。未羽が三歳の時に離婚し、今は学芸員をしながら女手一つで未羽を育てていた。

「太一さん、大捕物だったそうね」

　意地悪な笑みを向ける。

「犯人を追いかけていたら、たまたまそうなっただけですよ」

　日向は頭を掻いた。

「今日は早いんですね」

　話題を変える。

「お休みを取れたから。それに、私の弟が来ることになっているから、迷わないように指定場所を取っておいたの」

「弟さんがいたんですか?」

「あら、知らなかった?」

　実乃里が入ってきた。

「おまえは知ってるのか?」

「直接会ったことはないけど、写真を見たことはあるわ。背が高くて、なかなかのイケメンさんよね」

　里子を見る。

「イケメンかどうかは知らないけど。小さい頃からモテてたかな」

「それはそれは……」

日向は多少、仏頂面を覗かせた。

「あれ、嫉妬《しっと》してる？」

実乃里が目を細めて覗き込んだ。

「そんなわけあるか」

「またあ。心狭いなあ、太一さん」

実乃里はわざと名前を呼んで、からかった。

日向は否定して、ますます膨れる。それを実乃里がさらにからかう。

その様子を見て、里子が白い歯をこぼした。

シートを敷き終えて、子どもたちが戻ってきた。

「ねえねえ、おじさん。今年も障害物競走に出るんでしょ？」

未羽が訊く。

「もちろん！」

日向は胸を張った。

「また、ぶっちぎりで一番だね」

七海が日向の腕を取る。

「ああ。負けないよ」

日向は七海の頭を撫でた。

運動会の種目は四種類ある。綱引き、玉入れ、障害物競走、棟対抗リレー。ひとり親や独身者にも配慮されていて、すべての人が参加できるようになっている。

日向は毎年、障害物競走にエントリーしていた。年に一度、父親としていいところを見せるためだ。日向の他にも運動自慢の老若男女が参加するが、日向の組では毎年、日向がぶっちぎりで勝っていた。

敷き終えたシートに腰を下ろして、ひと息つく。と、ふっと石田のことが気になった。

「実乃里。俺のスマホ、持ってきたか？」

「はい」

トートバッグから日向のスマートフォンを出し、手渡す。

日向は立ち上がった。

「どこかへ行くの？」

「連絡だけな」

そう言い、グラウンドの隅へ行き、地域課へ連絡を入れた。

4

午前の競技を終えて食事も済ませ、午後イチで行なわれる障害物競走の時間が近づいてきた。

「弟さん、来ませんね」

日向はスポーツドリンクを口に含んだ。

「ほんとに。障害物競走には出ると言っていたんだけど……」

里子は腕時計を見て、グラウンドを見回した。グラウンド周りには人がぎっしりとひしめき、視界を塞いでいた。

「まあ、夏祭りに間に合えば、楽しめますから」

日向は言い、太腿を叩いて立ち上がった。

ジャージを脱ぐ。ハーフランニングパンツにTシャツ姿になり、ストレッチを始める。

「パパ。絶対に勝ってね！」

「おじさん、絶対だよ！」

「おう！」

未羽と七海にガッツポーズをしてみせる。

シューズの紐を締め直し、日向はシートを離れた。校庭左側の入場口に行く。ウォーミングアップをしている参加者が日向に目を向けた。

「今年も出るのかあ」

ご近所のメタボなお父さんが声をかけてくる。

「日向さんと同じ組にはなりたくないな」

別の独身男性が苦笑した。

「今年も勝たせてもらいますよ」

日向は気負いなく、笑顔で返した。

ストレッチを繰り返す。筋肉が少しずつ温まり、肌全体にうっすらと汗を帯びる。いける、と日向は口を結んだ。

ハードル、平均台、くぐり網と続き、最後にぶら下がったあんパンを咥《くわ》えて走り、ゴールとなる。どこでも見かけるごくごく普通の障害物だ。運動不足のお父さん方には少々辛《つら》いようだが、日頃から鍛えている日向には楽勝だった。

「出場者のみなさん、集まってください！」

係員が声をかける。

係員は手元のリストを見ながら、組分けしていった。一組五人で競う。日向は成年男子三番目の組だった。

「あー、日向さんに当たっちまったよ」

馴染《なじ》みのご近所さんが頭を抱える。

「あーあ、俺もだ。今年は終わったな」

若いお父さんがうなだれる。

日向は笑みを返しつつ、自分の組のメンバーを確かめた。その目が一番端に留まる。

背の高いさらさらヘアーの青年が立っていた。薄い銀縁の眼鏡を掛けたまま、うつむき加減で手首や足首を回している。見たことのない青年だ。誰もが日向に注目する中、青年は黙々と準備運動を続け、ちらりとも日向に目を向けない。

スラリとした細身の男性だ。一見か細く感じるが、よく見るとタイトなウェアに包まれた太腿やTシャツから覗く腕には使い込まれた筋肉の筋が浮いていた。

案外、やりそうだな。日向は思いつつ、自分も手足首のストレッチを進めた。

グラウンドでは子どもたちの障害物競走が終わり、大人用の道具が設置され始めた。

「では、入場します！」

係員が言う。

日向は腕と脚を平手で叩き、気合いを入れた。

スタートラインの手前まで歩き、片膝を突いて座る。

「パパ！」

七海の声が聞こえた。振り向く。七海と未羽が手を振っていた。

日向は手を振り返した。が、未羽の目線は自分にない気がした。違和感を覚えたがすぐ、目の前のレースへと意識を切り替えた。

一組目がゴールし、二組目がスタートする。日向はスタートラインでクラウチングスタートの構えをした。ラインに人差し指と親指を合わせ、左右の脚の位置と角度を何度も整える。

「さすが決まってますね、日向さん」

隣の若いお父さんが日向を真似る。

日向は微笑み、若いお父さんを見た。その視界に先ほどの青年が映る。

最も外側にいる青年はスタンディングの構えだった。

走るのは苦手なのか？

思いつつ、構えを決める。ゆっくりと頭を落とし、肩の力を抜いた。スターターが腕を上げた。

「位置について。よーい」

日向は腰を上げた。

パン！　スターターピストルの火薬が弾けた。

日向は低い体勢で地を蹴った。多少、後ろ足が滑ったが問題ない。数メートルで、他の参加者は振り切った。

……と思っていた。

が、意外にも一番外にいた青年が、日向の斜め右後方にぴたりと付いていた。

やっぱり、こいつ速いな。

日向の身体に力が入る。最初のハードルに差しかかった。コーナーを曲がりながら、踏み切る。多少、踵《かかと》が滑った。バランスを崩しそうになるが、右脚を振り上げ、強引にハードルを飛び越えた。

コーナーは内側の方が当然短い。青年を振り切っただろうと日向は思い、肩越しに右後方を見やる。が、差は開くどころか縮まっていた。

日向は平均台に飛び乗った。少しでも歩数を減らそうと、ついつい大股になる。幅十センチほどの平均台の上では、大股になるとふらつく。日向は体幹で身体の揺れを抑え込み、なんとか平均台を乗り切った。

隣を見た。青年は日向と並んでいた。

「くそっ！」

網に突っ込んだ。青年も頭を入れた。日向は真ん中を取り、網を撥《は》ね上げ進んでいく。青年は端の方を匍匐《ほふく》前進さながらの低い姿勢で進んでいく。日向の方が背も低く、空間豊かな真ん中を通っているのだから速いはず。だが、青年が頭一つ抜け出していた。

青年の方が先に頭を出した。ギャラリーからどよめきが上がった。先頭に立って、パンをぶら下げたポールに走る。わずかの差で日向が網を抜けた。自慢の脚力を使って、猛追《もうつい》する。ポール際では青年と並んだ。

青年がパンに口を伸ばす。日向も伸ばした。が、唇に当たってパンが揺らぎ、全体がゆらゆらと揺れ始めた。後続の参加者たちも網から顔を出す。

日向は顎《あご》を突き出して揺れるパンに口を伸ばすが、なかなかつかめない。青年を一瞥《いちべつ》する。と、青年はじっと揺れるパンを見ていた。

そして、ふっと首を伸ばしたと思ったら、難なくパンを咥え、引き千切《ちぎ》った。

そのまま白いテープが待つゴールに走り込む。ようやくパンを咥えた日向は、渾身《こんしん》の力で青年を追った。しかし、届かなかった。ギャラリーの歓声が上がった。

前のめりに走っていた日向は、ゴールを切ると同時にグラウンドにダイブした。パンを咥えた顔が砂まみれになる。

青年は係員のチェックを受けると、観客の中に姿を消した。

「ちょっと待ってくれ！」

起き上がって追いかけようとする。と、係員に止められた。

「日向さんが負けるとは思わなかったですよ」

係員の若い男が目を丸くし、日向の欄に〝2〟とチェックを入れる。

「一位の彼は、何という名前なんだ？」

「えーと……嶺藤亮《りょう》さんですね。A棟の嶺藤里子さんの親戚の方みたいです」

「彼が里子さんの弟か……」

日向は息をつき、パンに付いた砂を払って、口に放り込んだ。

実乃里や七海がいる場所に戻った。青年が座っていた。七海と未羽が青年を囲んではしゃいでいる。

「お疲れさん。負けたわね」

実乃里が言う。

「ああ……」

日向はシートの端に腰を下ろし、スポーツドリンクのペットボトルを取った。砂っぽい口の中を洗う。

「太一さん。弟の亮です」

「嶺藤亮です」

「日向太一です。よろしく」

右手を伸ばす。嶺藤はかすかに愛想笑いを浮かべ、軽く握手をした。

「遅れて来たんだけど、障害物競走にエントリーされていたことは知っていたんで、そのまま参加したんだって」

実乃里が言う。

「亮ちゃん、すごいよ！　日向のおじさんに勝てる人、いなかったんだよ！」

未羽が声を上げる。

「ほんと。パパが負けたのは悔しいけど、おにいちゃん、カッコいいからいい」

七海がませたことを口にした。

日向は苦笑し、嶺藤に目を向けた。

「いやしかし、速かったね。まさか、大外《おおそと》スタートの君に負けるとは思わなかったよ」

「大外だから勝てたんですよ」

嶺藤はさらりと言った。

「どういうことだ？」

「グラウンドがからからに乾いていて、砂ぼこりが上がっているでしょう？　ということは、強く踏み込んだりコーナーを鋭く回ると足を取られる。一番内側にいた日向さんは、おそらく足を取られたと思いますが」

嶺藤が言う。

図星《ずぼし》だった。が、淡々と言い当てられ、少々気に入らない。

「それにしても、各障害を抜けるのも速かった。練習でもしたのか？」

多少皮肉を込めた。だが、嶺藤には通じない。

「まさか。練習しなくてもわかります。ハードルは五センチ程度ジャンプすれば、脚の引き上げで越えられるので、踏み込みのミスをしないよう接地面を広く取り、靴裏全体で踏み切りました。平均台も接地面をできるだけ広くして、足の中心を台の中心に沿って置けば、上体がぶれずに落ちることなく進めます。そのために歩幅を狭くして進みました」

淡々と答える。

ふと、シートの外に脱いである嶺藤のシューズに目を留める。

「ちょっとすまない」

日向はシューズを手に取った。

ランニングシューズだが、見たことがない。白いメッシュ地に青いラインが入っただけのシンプルなデザインのものだが、とても軽い。靴底を触ってみる。指に吸い付くようなラバーだった。

「これは？」

「ああ、非売品です。僕が仕事の合間に体力作りの意味でランニングをしたいと言ったら、スポーツメーカーの友人が作ってくれました。とても楽ですよ、それ」

嶺藤が言う。

確かにいいシューズだった。それだけに、なおさら悔しい。日向はこの日のためにとっておきのランニングシューズを買って、馴らし履きも済ませて臨んだ。

靴まで負けてるのか……。

歯噛みしつつ、シューズを元に戻し、嶺藤に目を向ける。

「網は？　俺の方が真ん中にいて有利だったと思うが」

「それも逆です。真ん中は可動域が大きすぎて柔らかい網は無軌道な動きをします。その点、端は片側が地面に接しているので、それだけ不規則な揺らぎが抑えられ、進みやすい。そこを進んだだけです」

「パンは！」

日向は少々ムキになった。それでも嶺藤は涼しい顔で返す。

「振り子状に揺れる物体は、左右両端で位置エネルギーを溜めて止まります。一番伸びた真下の点が最も口に近くてつかまえやすいと思いがちですが、真下は運動エネルギーが最高値に達するところなのでスピードがつきすぎて口で咥えるのは困難。僕は止まる位置を確かめ、咥えただけです」

「なんだ、その位置エネルギーとかなんとかというのは……」

日向は眉間に皺《しわ》を寄せた。

すると、里子が割って入った。

「ごめんなさいね、太一さん。亮は物理学の研究者なの。理系頭なのでちょっと理屈っぽいというか……。亮、もうやめなさい」

「僕は訊かれたので答えただけだけど」

嶺藤は日向に目を向ける。

ただ見られただけなのだが、日向はもう一つ気に入らず、仏頂面を見せた。

「ちょっと、あなた。大人げない！」

実乃里が背中をぱしんと叩いた。

たまらず、仰《の》け反《ぞ》る。

「こちらこそ、ごめんね、亮君。この人、運動しか能がないから、負けたのが悔しいのよ。ほら、リレーがあるんでしょ。行ってきなさい！」

再び、背中を叩く。

日向はたまらず立ち上がった。

「何度も叩くなよ。亮君だったな。すまなかった。ゆっくりしていってくれ。あとでみんなで飯でも食おう」

そう言って愛想笑いを浮かべ、そそくさとその場を去った。

5

翌日の朝八時過ぎ、日向は東京臨海中央署に入った。玄関を潜《くぐ》ってすぐのところで、朝礼へ向かおうとしていた田村とばったり出会った。

「よう、日向。また派手にやらかしたらしいな」

「またってなんだよ」

苦笑する。

「まあ、おまえの大捕物は臨海中央署の名物だからな。それはそうと、昨日の障害物競走で負けたんだって？」

「誰から聞いたんだよ……」

「豊洲には多くの知り合いがいるんだ。いやでも耳に入ってくる。しかし、おまえに勝つヤツがいるとはたいしたものだ。どういうヤツだ？　バリバリの筋肉マンか？」

「いや。元々は量子力学の研究者だったそうだが、今は総合環境力学研究所で流体力学の研究をしている学者先生で、学生時代、硬式テニスの全国大会で準優勝した若者に負けたんだ」

「総合環境力学研究所といえば、有名な研究施設じゃないか。しかもテニスもプロ並みの腕とは。頭も身体も負けたということだな」

そう言って、大声で笑う。

「おまえなら、足下にも及ばないよ」

強がりを口にする。

「俺は最初からそんな勝負はしないよ。まあ、一から鍛え直すことだ、日向君」

田村は日向の肩をばんばんと叩き、廊下を去っていった。

「鍛えてるっての」

肩を擦りつつ、更衣室へ向かう。

「日向」

廊下で呼び止められた。振り向く。

くたびれたグレーのスーツを着た小柄な初老の男性が立っていた。刑事組織犯罪対策課課長の堤繁《つつみしげる》だ。トレードマークとなっている鼻先に引っかけた黒縁眼鏡を人差し指で押し上げ、ポケットに左手を突っ込んで近づいてくる。

「運動会で負けたんだって？」

「また、その話ですか。勘弁してください」

日向は苦笑した。

堤はうつむき加減で上目遣いをし、口辺に笑みを浮かべた。

「まあ、その話は置いておこう。署長がお呼びだ」

「今からですか？　先に着替えないと」

「いや、そのままでいい」

「処分の件ですね。自宅謹慎《きんしん》ですか？」

「私も供《とも》をしろということだ」

「堤課長も？　何でしょうか」

「まあ、それは行ってからの話だ」

堤は日向の腕を叩き、促した。

堤と共に廊下奥のエレベーターから最上階へと上がっていく。静止し、ドアが開く。エレベーターホールからまっすぐアイボリーの壁と廊下が延びている。左脇に茶色いドアが並んでいた。

森閑《しんかん》とした廊下に堤の革靴の音と日向の靴底ラバーの音が響く。最奥のドア前で立ち止まる。堤がノックをした。

「堤です」

「入れ」

奥から野太い声がした。

堤がドアを開け、中へ入る。日向も続いた。執務机には恰幅《かっぷく》のいい口髭を生やした紳士がいた。東京臨海中央署の署長・若林《わかばやし》英剛《ひでたけ》だ。二人は若林のデスクの前に歩み寄った。

「ご苦労。日向君。先日は派手にやらかしてくれたな」

「すみませんでした」

日向は頭を下げた。

「犯人逮捕のためだ。それも仕方ないが、もう少々常識の範囲内に留めておいてもらえると、私もありがたい」

「以後、気をつけます」

日向が言う。若林はうなずいた。

「それで、処分はどのように？」

日向は訊いた。

「交番勤務から外れてもらう」

「謹慎ですか……」

ため息をついて、うなだれる。

「いや、臨時異動だ。堤君の下で捜査協力してほしい」

若林が言う。日向は顔を上げた。若林に向けた目を堤に移す。

「おまえ、レインボーテレビで警備員をしている石田貫太と懇意《こんい》にしていたようだな」

堤が訊いた。

「はい。同じマンションに住む顔なじみです。それで昨日、地域課の同僚に連絡をして、石田さんの部屋を見てきてもらったんですが。何かわかったんですか？」

「石田氏が家に帰っていないことは確認した。五日前までは出勤していたことも確認している」

「五日前といえば、ゲリラ豪雨があった日ですね」

日向の問いに、堤がうなずく。

「しかし、その日の退勤の記録はなく、それ以降、姿を消したようだ」

「姿を消した？　失踪したということですか？」

「今のところはそういうことだな」

堤が鼻先に垂れた眼鏡を押し上げる。

「そこでだ、日向君」

若林が口を開く。日向は若林に顔を向けた。

「石田氏の捜索を、君に一任したい」

「一任、ですか」

首を傾げる。

「なぜ、署長命令で？」

疑問をそのまま口にした。

「実は、レインボーテレビの社長から直々《じきじき》に申し出があったんだ。内密で捜査をしてほしいと」

「内密で？　なぜ？」

「大手マスメディアの警備員が失踪したとあっては、メンツが保てないそうだ」

「大手のエゴですね」

「そう言うな。大手で起こる事件は、社会的影響度も高い。石田氏がもし、ただ単に個人的事情で行方《ゆくえ》をくらましているなら、大騒ぎすればするほど、いらない詮索をされることになる。そうした事態を避けたいとのことだ」

「事件であった場合はどうするんですか？」

「むろん、そうであれば、我々も動かざるを得ないが」

若林は指を組み、両肘を机に置いて上体を傾けた。

「なるべく、君一人で解決してほしい」

「特命だ、日向。どうする？」

堤が語気を強めた。上目遣いでじとっと見据える。

「……わかりました。命令とあれば、従います」

日向は唇を締めた。

「さっそく今日から捜査にあたってくれ」

若林が言う。

「交番勤務はどうすれば――」

日向が訊く。堤が口を開いた。

「君は謹慎扱いになっている。すでに代わりの警察官は配置した。こちらのことは気にせず、存分に捜査すればいい。報告は私に。必要な時以外、署に出てくることもない」

「初めからそのつもりだったんですね」

眉根を上げて、息を吐く。

「しかし、このあたりをうろついていたら、同僚に会いますよ」

「その時はうまく誤魔化《ごまか》せ。理由は報告しろよ。口裏を合わせないと、面倒なことになりかねないからな」

堤が言う。

「あまり派手な真似するんじゃないぞ」

堤は日向の腕を軽く叩いた。

「人を猛獣扱いしないでください」

日向は呆れ笑いを返し、堤と共に署長室を出た。

第二章

1

翌朝、日向《ひゅうが》はチノパンにTシャツを着て、サマージャケットを手に取り、リビングへ出た。娘の七海《ななみ》は先にパンをかじっていた。

「おはよう」

声をかけ、椅子の背にジャケットを引っかけ、座る。

「おはよう。あら、謹慎じゃなかったの？」

対面キッチンの向こうから、実乃里《みのり》が言う。

「そうなんだけど、自宅に籠《こ》もってろというわけではないんだよ。交番勤務からは外されたけど、空いた時間で電車内や駅の警備・警戒をしてくれと言われていてね」

「部署が変わったということ？」

「いやいや。謹慎中だけの話だ。一応、これは堤《つつみ》さんから特別に言い渡されていることなので、ご近所さんに訊かれた時は、謹慎で暇を持て余して出かけていると答えておいてくれ」

「うん。わかった」

実乃里はコーヒーを淹《い》れた。日向の前に運んでくる。

「パパ、カッコいいね」

七海が言う。

「サンキュー」

日向は七海の頭を撫でた。

実乃里の様子をそれとなく確かめる。特に、今の日向の説明を疑っている様子はない。

もちろん、実乃里には嘘の任務を伝えている。日向の特命は石田貫太の捜索だ。極秘裏のため、身内にも内容を明かすわけにはいかない。

「一応、夕方には帰っていいようになっているが、場合によっては遅くなることもあるから、夕飯時に帰ってこないようなら、先に寝ていてくれ」

「そうするわ」

日向はホッと息をつき、パンをかじり、コーヒーを含んだ。

「あ、そういえば。石田さんの件、どうなった？」

実乃里が唐突に切り出した。

日向は思わず喉を詰まらせた。七海が背中を叩く。

「パパ。口いっぱいに食べちゃダメなんだよ。先生が言ってた」

「そうだな」

コーヒーでパンを流し込み、無理に笑顔を作る。

実乃里を見やる。微笑んで日向を見ているだけ。勘ぐっているわけではなさそうだ。

日向は咳払いをして気を落ち着かせ、実乃里を見た。

「家にはいないそうだ。念のため、見に行った同僚が部屋の中を確認したそうだが、特に荒らされているとかそういうこともなく、事件性はないと判断された。旅行にでも行ったんじゃないかな」

「そう……。どこに行ったのかしらね」

「警備員という仕事は、俺たちと同じで常に緊張を強いられるからな。日常から離れて、南国の離島にでも行ってるんじゃないか？」

「それなら、菊谷さんに一言断わって行くと思うんだけどなあ」

「まあ、それはうちの署で調べてくれるよ。詮索をして、つまらない噂を流すんじゃないぞ。石田さんが帰ってきたら、居心地悪くなるだろうから」

「そうね。気をつけとく」

実乃里はうなずいた。

「ごちそうさま」

七海が席を立った。

日向もコーヒーを飲み干し、立ち上がる。

「俺も行くか」

「パパも出かけるの？」

「お仕事だよ。プールに行くんだろう？　途中まで一緒に行こう」

「うん！」

七海が自分の部屋へ駆け込む。

日向はジャケットの袖に腕を通した。身分証を確認し、内ポケットに入れる。玄関へ向かう。実乃里が後ろからついてくる。

「気をつけてね」

「ああ。仕事中は連絡できないこともあるが、気にしないで、普通にしていてくれ」

日向が言うと、実乃里はうなずいた。

七海がビニールバッグを肩に掛け飛び出してくる。

「いってきまーす！」

さっさとスニーカーを履いて、玄関を出た。

「パパ、早く！」

「わかったわかった」

日向は靴をつっかけ、表へ出た。

「じゃあ、いってくる」

「いってらっしゃい」

実乃里が笑顔で送り出す。

日向は七海の手を取り、エレベーターホールへ向かった。


七海を学校の近くまで送ったその足で、日向は品川《しながわ》へ出向いた。

石田が働いていた南関東警備保障の本社がある。会社は品川駅東口、品川インターシテイB棟の二十階にあった。

陽光の差す広々としたエントランスからエレベーターホールへ向かい、オフィスフロアへ上がる。フロアに降りて右奥へ進み、南関東警備保障本社の受付に顔を出した。

「先ほど連絡させていただきました、日向ですが」

名前を告げる。

「少々お待ちください」

受付係の女性は内線電話を取り、連絡を入れた。手短に用件を伝え、受話器を置く。

「こちらでお待ちください」

目の前の長椅子を指す。

日向は椅子の脇で立って待っていた。まもなく、白髪交じりの頭を短く刈ったスーツ姿の中年男性が出てきた。

「日向さんですね？」

「はい」

「こちらへ」

中年男性は周りを見回し、日向を急かして右奥の廊下の端へと連れ込んだ。そのまま狭い通路を進み、応接室へ案内される。

ドアを閉めると、中年男性は強ばっていた双肩を下げ、息をついた。内ポケットから名刺入れを取り出す。

「弊社人材管理部の高村《たかむら》と申します」

名刺を出す。

「東京臨海中央署の日向です」

名刺を受け取り、身分証を提示した。

「どうぞ」

高村が二人掛けソファーを指す。

日向はソファーに浅く腰かけ、両手を太腿に置いた。

「お忙しいところすみません」

「いえ、こちらこそ。レインボーテレビの箕田《みのだ》社長から話は伺っています」

高村が言う。

「さっそくですが、石田さんの当日の勤務状況について伺いたいのですが」

日向は切り出した。

「はい。当日、石田は午前八時に出社した後、レインボーテレビへ出向き、午前九時に夜勤の者から警備を引き継ぎ、業務にあたっていました」

「石田さんがいなくなったのはいつですか？」

「当日、石田と共に警備ボックスに詰めていた当社の警備員、黒木の話によると、午後一時過ぎ、姿を消したそうです」

「何も言わずにですか？」

「いえ。食事に行くと言って出たまま、戻らなかったそうです」

「黒木さんには会えますか？」

「はい。少々お待ちください」

高村がいったん、応接室を出た。まもなく、黒木を連れて戻ってくる。

黒木は日向を見て、会釈《えしゃく》した。自己紹介を済ませ、日向の差し向かいに座る。高村も隣のソファーに腰を下ろした。

「さっそくですが、黒木さん。当日の石田さんの様子を教えていただけますか？」

「あの日、午前九時に僕と石田さんは夜勤の人と交代して、業務にあたっていました。特別なことはなく、普段通り、仕事をこなしていました。午後一時に来たトラックの検閲後、石田さんは昼食を摂ると言ってボックスから離れたんですが、それっきり戻ってきませんでした」

「昼食はどこで？」

「いつもはテレビ局内の社員食堂を使うんです。外部の人にも開放してくれているし、安いし、早いし。たまに、コンビニの弁当で済ませることもあります」

「石田さんがその日、どこで食事を摂っていたか、わかりますか？」

「いえ……。僕はその後、石田さんが帰ってこないので別の人に代わってもらい、午後四時前くらいに遅い昼食を摂りました。社員食堂でです。それとなく、厨房の馴染みの人に訊いてみたんですが、石田さんは来ていませんでした。食事を終えて、いつも立ち寄るコンビニにも寄って訊いてみたんですけど、そこにも石田さんは来ていなかったみたいで。気になってピッチにかけてみたんですけど、出ないし……」

黒木が眉をひそめる。

日向は黒木の表情の変化を見ていた。気負いもなく、言葉も自然で、特に嘘を吐《つ》いているようには見えない。

「石田さんが失踪したと思ったのは？」

「退勤時です。更衣室に石田さんの私服が残っていたので」

「それで、本社に連絡したと？」

「はい」

黒木は返事をして、高村を見やる。

「黒木君からの報告を受けて、交代した弊社の警備員で捜してみたんですが、どこにも姿は見当たりませんで……」

高村はうなだれた。

「警察へは届けなかったんですか？」

「それが……。日向さんは事情をご存じかと思いますが、私どもはすぐに警察へ連絡しようと思いました。ですが、テレビ局側から待ったがかかりました」

「メディアのメンツというわけですね」

「ええ、まあ……」

高村が言葉を濁す。

「黒木さん。当日、警備中、石田さんが搬入業者と揉《も》めたということはなかったですか？」

「いえ、特には」

「以前は？」

「特に誰かと揉めていたということは聞いていません。石田さんは、手順に従ってきっちりと仕事をする人で、搬入業者さんも石田さんの人となりをよく知っている人がほとんどでしたので、多少時間がかかってもみなさん、納得していました」

黒木が言う。

プライベートでの石田を思い出す。確かに細かいところはあるが、嫌みはない。黒木の話と自分の知っている石田像と齟齬《そご》はなかった。

「電話でお願いした、当日石田さんが担当した搬入業者のリストは？」

「用意してあります」

高村は脇に置いていた茶封筒を取り、日向に差し出した。

日向は受け取って中身を出し、ざっと目を通した。

石田が最後に担当したのは、午後一時の中谷《なかたに》運輸という会社のトラックの検閲だった。

「防犯ビデオの録画データはこれですか？」

中に入っていたＤＶＤを取り出す。

「そうです。電話で伺ったものはすべて用意しました」

「ありがとうございます」

日向はリストとＤＶＤを茶封筒に収めた。

「あの、日向さん……」

高村が日向を見つめる。

「石田君が失踪していることは社内でも限られた者しか知りません。他の者には、石田君の父親が倒れて、長期休暇を取らざるを得なくなったと話しています。なので、そのあたりの事情をお含みいただきつつですね……」

「わかってます。配慮するよう、上から言われていますので」

日向が言うと、高村の眦《まなじり》がかすかに弛《ゆる》んだ。

日向は個人名刺を取り出した。

「何か気がついたことがあれば、私に直接連絡をください」

高村と黒木に名刺を渡す。

日向は一礼し、オフィスを出た。

2

日向はリストを確認しつつ、石田が担当した運送業者を回った。

積み荷の確認という名目で話を聞く。その会話の中に、さりげなく担当者の石田のことを盛り込んだ。

どの会社で訊いても、石田の失踪につながる手がかりはなかった。

その日はリストに上がった運送業者をすべて回り、午後七時に帰宅した。食事を済ませ、風呂に入った日向は書斎に籠もった。

デスクトップパソコンを起ち上《た》げ、高村から提供を受けたＤＶＤを出した。ドライブにセットする。まもなく、動画ソフトが起動した。

動画は警備ボックス内からゲート方向を映した固定カメラのものだった。音声はない。通りからゲート前に業者のトラックが入ってくるたびに、黒木と石田がボックスから出て荷台の荷物を確認し、通していく様子が淡々と流れる。

「あなた。先に寝るわね」

廊下から実乃里の声がかかった。

「ああ、おやすみ」

返事をして、時計を見やる。午前零時になる頃だった。

日向は単調な映像を見ながら、あくびをした。

録画された動画にも、たいして怪しい点はない。一日中歩き回り、身体も疲れている。

映像が急に暗くなる。雨雲が広がり、雨が降り始めた。

「俺も寝るかなあ……」

再び、あくびをした。

映像が白く煙っている。その時、動画にノイズが走った。

日向はあくびを嚙みしめた。

「なんだ？」

マウスを取り、停止し、一分ほど戻して再生する。

警備ボックスの前にトラックはない。静かな映像が映っている。右下のタイムカウンターを見る。午後一時二十七分となっていた。

ボックスから見える路上にはしぶきが立ち、視界は悪い。数秒後、ノイズが走った。途切れた映像はわずか一秒程度で戻った。雨は止んでいる。路面や警備ボックスの硝子は濡れていた。右下のタイムカウンターを確認する。午後二時十分から始まっている。

その後、黒木が一人で警備を行ない、午後三時五十分に代わりの警備員が来て、黒木と交代している。一時間弱で食事から戻ってきた黒木は、その後一人仕事を続け、午後六時に交代が来たところで動画は終了した。

再び、午後一時二十七分前後の部分に戻して、何度も見る。激しい雨の影響を受けて映像が途切れたような雰囲気だった。

「んっ、これはなんだ？」

日向はノイズが走る寸前で映像を止めた。

水煙の向こうにうっすらとだが黒い塊が見える。キャプチャーして、画像を拡大してみる。

「……トラックか？」

ぼんやりと映る影は、車影に見える。

日向はリストを取り出した。

石田が担当した最後のトラックは午後一時のもの。そのトラックは予定時刻ちょうどには映像に映っているし、石田たちの行動にも不審な点は見当たらない。それ以降、午後二時過ぎまでトラックの搬入予定は記載されていない。

「この間に、石田さんが食事に行ったんだよな……」

リストと画面を交互に見ながら、首を傾げる。

ドアがノックされた。

日向はリストを伏せ、パソコンの画面をブラウザに切り替えた。

「はい」

返事をすると、ドアが開いた。

パジャマ姿の実乃里が立っていた。

「あなた、まだ起きてたの？」

「ああ、ちょっと調べ物があってね」

「珍しいわね、徹夜なんて」

実乃里が言う。

遮光カーテンを見やる。隙間からうっすらと陽光がこぼれていた。

「もう、そんな時間か」

動画に集中している間に、夜が明けてしまったようだ。

「朝ごはん、どうする?」

「一緒に食べるよ」

日向が言う。

実乃里はうなずき、ドアを閉めた。

「調べてみる必要がありそうだな」

日向はドライブからDVDを抜き、パソコンをシャットダウンした。

3

日向は仮眠を取り、昼過ぎに起き出した。実乃里はPTAの会合で家を空けている。

すぐさま堤に連絡を取り、リストに上がった業者に特に問題は見つからなかった点と防犯カメラの映像の件について話した。堤は、防犯カメラの件がひっかかったようで、まもなく日向宅を訪れた。

「わざわざすみません」

「君は謹慎中の身分だからね。奥さんと七海ちゃんは？」

「二人とも夕方まで帰ってきません。どうぞ」

堤を促す。

日向は堤を書斎へ招いた。

「コーヒーでいいですか？」

「かまわないでくれ。それより、映像の件だが」

「こちらへ」

日向は書斎のデスクに歩み寄った。パソコンの電源は入れてある。

堤を椅子に座らせ、脇に立ってマウスを握った。

「この部分なんですが」

日向はパソコン内に取り込んだ防犯カメラの映像の午後一時二十七分前後を再生し、堤に見せた。

「この水煙の中に黒い影が映るんですが、そこをキャプチャーして拡大したものがこれです」

保存しておいた画像を見せる。

堤は眼鏡の縁をつまんで、首を突き出し、画像を凝視した。

「トラックのシルエットに見えませんか?」

「言われればそうだが……」

堤は目を凝らし、首を傾げる。

「それと、時刻が気になるんですよ」

日向はタイムカウンターを指した。ノイズの後、二時十分に再開する。

「ノイズで切れている時間は、ちょうど石田さんが食事に出て失踪した時間帯と重なります。偶然にしては、出来すぎかなと思いまして」

「確かにな……」

「この映像の分析をお願いできますか」

「わかった。すぐに手配しよう」

堤がうなずく。

日向はDVDを堤に渡した。

「君は、どうするんだ?」

「周辺を調べてみようと思います。警備ボックス周辺の映像を映している防犯カメラがあるかもしれないですから」

「レインボーテレビ局内を調べるのか？」

「いえ。必要であればお願いしますが、今はリスクを避けておきます」

「わかった。局内の捜査をしたい時は言ってくれ。くれぐれも慎重に頼む」

堤は言い、席を立った。


堤と共にマンションを出た日向は、その足でレインボーテレビに出向いた。

レインボーテレビは、お台場にある全国ネットキー局の一つだ。地下三階地上二十五階建てのツインビルで、二つのビルを繋《つな》ぐ連絡通路の中央には球体の展望室がある。展示スペースやレストランなどもあり、観光客も多く訪れる名所の一つとなっている。

日向はオフのサラリーマンを気取りつつ、レインボーテレビ周辺を散策した。夏休みということもあってか、七階ホールに続く大階段やエスカレーターには学生や若いカップルが溢れていた。外国人観光客も多い。

楽しむ観光客を眺めつつ、日向はビルの裏に回り、石田が詰めていた警備ボックスあたりで周辺に目を向けた。

大通りの向かいにショッピングモールがある。通り沿いにはパーキングが階を連ねている。日向は自分の立っている位置からパーキングを見つめた。四階と五階のパーキングが素通しで見える。視界が通るということは、あのあたりにある防犯カメラからも警備ボックス周辺が見えるということだ。

他にも駅の通路、近隣のホテルの上階が目に入る。日向は自分の目に映った場所をメモに書き留め、それぞれの場所に赴いた。

夕方、日向はチェックした場所を一通り回って、防犯カメラの映像を入手した。

帰宅後、食事を済ませて風呂に入り、再び、書斎に籠もる。実乃里が日向の行動をなんとなく訝《いぶか》っている様子はあるが、日向は気にせず、自分の仕事を続けた。

当日の映像を入手できたのは三箇所だった。ＤＶＤは三枚。午後一時前から午後三時過ぎまでの映像を集中して集めた。

さっそく、一枚ずつ映像を確認してみた。

近隣ホテル上階の防犯カメラは映像が不鮮明な上、通行人や建物の影が被さっていて、もう一つ要領を得なかった。駅の通路のカメラ映像は、カメラが下に向きすぎていて、警備ボックス前の通りがほとんど確認できなかった。

日向は向かいのショッピングモールのパーキングに取り付けられていた防犯カメラ映像のＤＶＤを入れた。遠方の映像はもやっとしていたが、他の二枚よりは全体が把握できた。

音声入りのものだった。何か聞こえるとも思わないが、日向は念のためヘッドホンをし、大きめのボリュームにして見た。

午後一時にトラックが映った。中谷運輸のトラックだ。石田と黒木らしい人影がトラックを回り込み、荷台や伝票を確認している。そのトラックは検閲を終え、ゲートが上がると地下への通路へ入っていった。

そこからしばらくは、警備ボックス内にいる石田と黒木の上半身が映っているだけだった。

雷鳴が聞こえてきた。まもなく激しい雨が降り始める。映像は暗くなり、水煙に覆われ、見にくくなった。雨の音と雷鳴がノイズのように鼓膜《こまく》を掻き乱す。ボリュームを落とそうとマウスを握った。

その手が止まる。

画面端の方から黒い塊が近づいてきた。右上のタイムカウンターを見る。午後一時二十六分。警備ボックスの防犯カメラ映像が途切れる寸前だ。水煙の中から塊の輪郭が現われる。

「トラックだな」

日向の目つきが鋭くなった。

画像は暗く、解像度も低いが、ライトや車高の高いフロントがはっきりと映っている。色は黒のようだった。

トラックはゲートの前で減速した。歩道を横切り、ゲートの前に頭を入れる。車体が横を向いた。警備ボックスから石田と黒木が出てきた。

石田らしき影が運転席の方へ行く。石田の影が消える。少しすると、トラックが動きだし、警備ボックス前を通り、画面左に入っていった。屋根の下に入ったようだ。リヤが少しだけ映っていた。

運転手が降りてきて、荷台のドアを開けた。石田らしき影が荷台の中へ入っていく。

雷の光と音が激しくなってきた。時々、鼓膜が痛くなるほどのノイズが走り、画面が雷光で白く飛ぶ。日向は目を凝らし、石田の動きを注意深く追った。

石田は荷台から出てきた。警備ボックスに入る。黒木も警備ボックスに戻ってきた。石田が屈み、何かしている。黒木が何かを話している。黒木の腕が上がる。

次の瞬間、激しい雷光で画面が白飛びした。同時に、雷鳴が耳をつんざく。

「うっ！」

たまらず、ヘッドホンを耳から外した。

白い画面がすぐさま元に戻る。警備ボックスに石田の姿はない。黒木が運転手と話している。心なしか、ボックスの硝子が汚れているような気がする。

運転手が警備ボックスの中に入ってきた。ボックスの中に屈み、何かをしている。また雷光が走り、画面が白飛びする。立て続けに二度三度と画面が飛び、凄まじい雷鳴だけがヘッドホンを揺るがす。

黒木と運転手は、荷台ドア付近にいた。まもなく、黒木が離れ、ドアが閉まる。黒木はボックス内に入り、ゲートを操作した。バーが上がる。動きだしたトラックは、そのまま地下への通路へ入っていった。

相変わらず、画面は雷光で白飛びしていた。ボックスには黒木の姿しかない。黒木は硝子戸を拭いていた。雨粒を拭いているのかと思い見ていたが、どうやら中の硝子のようだ。

黒木はボックス内で立ったりしゃがんだりしていた。そして、何事もなかったようにボックス内に詰め、立番をしていた。

十分ほどして、先ほどのトラックが出てきた。黒木がボックスから出る。手に色つきのビニール袋を持っている。荷台に回る。戻ってきた時には黒木の手にあったビニール袋はなくなっていた。

運転手に二言三言声をかける。まもなく、トラックは水煙の中に消えていった。

カウンターを見た。午後一時二十七分から三十分弱の出来事だった。

その後、雨は止み、二時十五分、四十分に二台のトラックが入ってきた。その時、検査をしていたのは黒木一人だった。映像は黒木の交代前に終わった。

日向は映像を止め、椅子にもたれた。

「妙だな……」

静止画を見つめたまま、ぼそりと呟く。

南関東警備保障の説明では、石田は一時のトラックを確認した後、食事に出たはずだった。が、日向が入手した動画では、石田は一時二十七分に入ってきたトラックの検閲も担当している。しかし、その事実は伝えられていない。

確かめてみるしかない。だが、捜査は慎重を期さなければならないと感じた。

南関東警備保障から預かったＤＶＤは、午後一時二十七分から約四十分間の映像が途切れている。機器の故障であれば問題ないが、意図的だとすれば、捜査中にその人物と接触し、手を回されるおそれもある。

確実な証拠を得て、動く必要がある——。

日向は再び、動画の再生を始めた。

4

「おはよう」

書斎を出た日向は、ダイニングテーブルについた。腰を下ろすと、背筋にずしりと疲れが押し寄せた。

朝食の準備が整っている。七海は先に食べていた。

日向は昨夜と同じ服装だった。無精髭《ぶしょうひげ》が伸び、目の下には濃いくまができている。パンを持ち上げる腕も重い。

「パパ、大丈夫？」

七海が心配そうに覗き込む。

「大丈夫だよ」

日向は笑顔を作った。

連日、昼夜関係なく、動画を見続けていた。ほとんど寝ていない。

南関東警備保障の映像解析の結果は、DVDを預けた翌日、堤から連絡を受けた。日向が睨《にら》んだ通り、かすかに映っていた水煙の中の影はやはり黒いトラックだった。

しかも、解析で新しい事実がわかった。

会社から預かったDVDの動画は加工されていた。午後一時二十七分から午後二時十分までの画像の飛びは機器の故障ではなく、意図的に切り取られたものだという。ノイズと画像の切れ目に不自然な電気信号があり、デジタル加工されたものだと判断されたとのことだった。

故障ではなく、誰かが手を加えたという事実を受け、日向は連日連夜、動画の解析に励んでいた。

堤に渡してもよかったのだが、自分で動く以上、何らかの確信をもって事に臨みたかった。

朝ごはんを食べた七海は、元気よく遊びに行った。七海を見送った実乃里が戻ってくる。日向の前に座り、紅茶を含んだ。

「ねえ、あなた。何の捜査をしているの？」

「なんだよ、急に……」

「電車内の警備だと言っていたのに、ここ何日か、家に引き籠もってばかりだし。私のいない時に、刑組課の堤さんが来ていたそうだし」

「筒抜けだな」

日向は苦笑し、コーヒーを含んだ。

「確かに電車内の警備ではないんだが、何を捜査しているかは言えない」

「身内でも？」

「知っているだろう、警察官の女房なら」

「それはそうだけど……。今までのあなたと様子が違うんで、つい心配に……」

実乃里がカップを両手で包み握る。

日向は目を細めた。

「すまんな。いつも心配ばかりかけて」

実乃里はうつむき、小さく首を振った。

「大丈夫。危険な真似はしない。さっさと片づけて、また交番勤務に戻るよ」

日向はカップを持って、席を立った。

書斎へ戻り、椅子に深く腰かける。マウスに触れると、スクリーンセーバーだった画面が元に戻った。モニターには、動画の他、キャプチャーした何枚もの静止画データが無造作に並べられていた。

その中の一枚は、石田の姿を拡大したものだった。

失踪の原因はわからない。個人的な理由か、あるいは、事件に巻き込まれたのか。石田にもし家族がいれば、もっと多くの人が彼の安否を心配していただろう。

石田は天涯孤独だった。二十歳頃から両親の介護に追われたのだという。現在、四十二歳になるが、母親は彼が三十五歳の時に亡くなった。今のマンションには、その後、父と移り住んだ。しかし、その父親も四十歳の時に他界した。二十代後半に付き合っていた女性もいたそうだが、親戚もなく一人息子だった石田は両親の介護を取るしかなく、泣く泣く別れた。

両親が亡くなった後、石田は自由の身になったものの、仕事のキャリアもなく、警備員として働くしかなかった。

ただ、家族がいない分、近所の子どもたちには優しく、面倒見も良く、自治会の活動にも積極的に参加していた。

このマンションが僕の家族みたいなものだから。そう言って笑っていた石田の顔を思い出す。

つい、石田と対比して、心配してくれる家族がいることの幸せを感じてしまう。

石田が見つかったら、うちの食事に招いたり、結婚相手探しを手伝ったりと、ちょっとお節介を焼いてやろう。

日向は思い、ヘッドホンを付け、動画の再生を始めた。

何度も何度も繰り返し映像と音声を確かめ、不自然な点を整理していった。

まず、石田がこの黒いトラックの検閲をしていたことを、黒木が報告していない点だ。日向が事情聴取をした際、「一時の検閲後に、食事に出かけた」とはっきり口にしている。映像では、黒木が石田と共に黒いトラックの検閲をしている姿が確認できる。報告漏れの可能性も考えたが、こんな大事な点を報告しないとは思えない。

つまり、黒木が隠していると見るのが妥当だろう。

石田がいったんボックスに戻ったあたりの動きにも違和感を覚えた。

他のトラックの場合は、石田、あるいは黒木がトラックを離れて警備ボックスへ戻った後、すぐにゲートが上がっていた。

しかし、黒いトラックの荷台検査を済ませて戻ってきた石田は、ゲートを上げなかった。何やら、ボックス内で作業をしているようにも見える。積み荷に問題があったのか、別のトラブルか。いずれにしても、石田の姿が消えた後、ゲートは上がり、黒いトラックは地下に降りていった。

その後の運転手の動きも妙だ。他の映像と見比べたが、ドライバーが警備ボックスに入ってくることは一度もなかった。しかし、黒いトラックのドライバーは警備ボックスへ入っていき、黒木と何かを運び出しているようにも見える。

トラックが地下へ行った後の黒木の行動も不可解だ。それまで、トラックを通した後はボックス内で立っているだけだったが、その時に限って、硝子戸を拭いていたりする。

また、黒いトラックが戻ってきた時、警備ボックスから持ち出した色つきのビニール袋も気になる。

この時間帯に何かが起こったのは間違いない。

特に、日向が気にしていたのは、雷鳴の中に混じる何かが炸裂するような音だ。かすかにしか聞こえないが、タイヤの弾けるような音が雨音と雷鳴の中に、確かに混ざっていた。

パーキング内の音かもしれないと思い、何度も確かめた。が、パーキング内でタイヤが弾けたり、マフラーに溜まったガソリンが爆発すれば、もっと反響するはずだ。日向の鼓膜に届く異音はもっと鋭く、短い。

これとよく似た音を聞いたことがある。

銃声だ。

射撃訓練の時、射撃場へのドアに近づくと鋭く短い銃声が耳の奥に飛び込む。特徴的なのは、重低音と高音が同時に鼓膜を揺さぶる点だ。こうした音は、あまり他で聞いたことがない。

　どこかで銃が使われたのか、あるいは何かの音の聞き間違えか。分析に出してみるしかない。

　日向は気になった点を、右上部のタイムカウンターの時刻を表記して時系列に並べ、ワープロソフトに打ち込んだ。プリントアウトし、ＤＶＤと共に茶封筒に収める。

　スマートフォンを取った。堤に連絡を入れる。

「……もしもし、日向です。新たな情報を得たのですが。はい、はい。わかりました。三十分後に伺います」

　通話を切り、パソコンをシャットダウンする。

　日向はソファーに投げていたサマージャケットを手に取った。書斎を出て、リビングに顔を出す。

「実乃里。出かけることになった」

「そう。帰りは何時頃？」

「わからない。夕食前にはメールを入れるよ」

「わかった。気をつけてね」

「ああ」

日向は笑顔でうなずき、マンションを出た。


数日ぶりに本署を訪れた。

「おっ、もう謹慎が解けたのか?」

立番をしていた田村が声をかけてきた。

「まだだ。署長へ近況報告に来いと言われたんで来たんだよ」

苦笑する。

「今回は長そうだな。まあ、玉突き事故を誘発しちまったんだから、それも仕方ないか」

田村が意地悪な笑みを覗かせる。

「家にいて、気が抜けてんだろうが、無精髭くらい剃っとけ。おまえには似合わないぞ」

「謹慎が解けたら剃るよ」

日向は言い、署内に入った。

他の同僚にからかわれつつ、エレベーターに乗り込み、署長室へ向かう。最上階の署長室へ出向くと、堤も顔を揃えていた。ソファーで向かい合っている。

ドアを閉め、一礼して堤の隣に座った。

「ご苦労。進展があったそうだな」

若林が言う。

「まだ確定ではないのですが、不審な映像が見つかったもので」

日向は茶封筒をテーブルに置いた。

堤が手に取った。プリントしたレポートを取り出し、ざっと目を通す。

「先日の映像で作為的に消されていた一時二十七分から二時十分までの別の映像が見つかり、それを解析した結果です」

日向が言う。

堤はレポートを若林に渡した。文字面を追う若林の眉間が険しくなる。

「銃声とは？」

若林が訊いた。

「可能性ですが、映像の音声の中に、そう思われる音がかすかに混じっていました。詳細はこちらで解析してほしいのですが」

堤を見やる。堤はうなずいた。

「黒木には事情聴取してみたのか？」

堤が訊く。

「最初に当たって以降は話を聞いていません。情報から推測すると、黒木はその黒いトラックの件を故意に隠していると考えるのが妥当です。いきなり核心へ近づく可能性もあったので、意見を伺ってからと思いまして」

「賢明だ」

堤が眼鏡を押し上げた。

「堤課長に、以下の点を調べてもらえればと思っています」

日向は堤を見やった。

「テレビ局と南関東警備保障双方にその黒いトラックが入ってきた記録が残っているかどうか。記録が残っていれば、ドライバー名と運送会社の情報、及び、局内で発注した者の名前を。それと、トラックのボディーに何か文字が書かれているようなんですが、うちのパソコンでは解析できなかったもので」

「堤君。さっそく手配を頼む」

「承知しました」

堤が静かにうなずいた。上目遣いに日向を見やる。

「顔色が良くないぞ。解析が済むまで少し休め」

堤が言う。

「それがいい。ここからまた、君には動いてもらわなければならないことになりそうだからな。休むのも仕事のうちだ」

若林が同調した。

「わかりました。では、お言葉に甘えて、今日はオフにさせてもらいます」

日向は席を立った。

5

日向は署を出て通りを渡り、ウエストプロムナードに出た。自由の女神像があるお台場海浜公園からテレコムセンターまで続く緑道公園だ。

ビル群を貫く緑豊富な散歩道は、まさにオアシス。噴水や人工沢の周りでは家族連れやカップル、近隣のビルで働くサラリーマンやOLが一時の涼を取っている。日本科学未来館を始めとする国際研究交流大学村もあり、若者の団体も多かった。

日向は途中、自動販売機で冷えた缶コーヒーを買い、木陰のベンチに腰を下ろした。一口飲んで、息を吐く。肩から背中にかけて、疲れがどっとまとわりついた。

「やっぱり、内勤は向かないな……」

独りごちてうなだれ、自嘲《じちょう》する。

「あれ？　太一さん？」

女性の声がした。

顔を起こした。

「やあ、里子《さとこ》さん」

笑顔を向け、背筋を伸ばす。

嶺藤《みねふじ》里子だった。グレーのパンツスーツを着ている。周りに散見する女子学生の中にも里子と似たような格好をしている者はいるが、颯爽《さっそう》と歩く大人の女性の色香には敵わなかった。

里子は日向のベンチに歩み寄り、隣に腰を下ろした。

「今日はお休み？」

「謹慎中なんですよ。近況報告に来た帰りです」

「こないだの大捕物のせい？」

「やめてください」

日向は苦笑した。

「里子さんは何を？」

「展覧会の準備。今度の展覧会は、そこで開催するの」

　里子が目で左正面を指す。

　硝子張りの建物がある。レインボーテレビの臨海第二スタジオだ。主に収録が行なわれる場所だが、一階は一般にも開放されていて、いろんな催しが行なわれている。

「テレビ関係のイベントなんですか？」

「直接は関係ないんだけど、レインボーさんには協賛してもらっていて、場所も借りてるの。時間があるなら、見ていく？」

「いいんですか？」

「ええ。まだ、半分しか設営できていないけど、ちょうど一般の人の意見も聞いてみたかったところだから」

「そういうことであれば、お手伝いしましょう」

　日向は缶コーヒーを飲み干し、立ち上がった。

　里子と一緒にスタジオへ歩く。硝子壁に夏の陽射しが反射し、まぶしい。壁の奥には日《ひ》除《よ》けの白いカーテンが連なっていた。

　里子は首から下げていたパスカードをかざし、関係者専用口から中へ入った。一階スタジオは、いくつかのブースに分かれていた。廊下を進み、西最奥のスタジオの扉を開ける。

中には多くの作業員やスーツを着た学芸員と思しき人などが行き交っていた。

「すごいですね……」

入口に立って、室内を見渡す。

高い天井には照明が吊されている。フロアはいくつものパーテーションで仕切られ、迷路のような道が作られている。

手前の全体を見渡せる場所では、長い黒髪の黒いパンツスーツを着た女性が、設営図を片手に指示を出していた。

里子はその彼女に近づいた。

「理沙《りさ》さん、おはよう」

声をかける。女性が振り向いた。

「おはようございます、嶺藤さん」

女性は微笑んだ。

くっきりとした眉毛と切れ長の目が力強さを感じさせる、目元がとても印象的な女性だった。薄い唇も彼女の凛《りん》とした強さを引き立てる。スリムで小柄で華奢《きゃしゃ》な印象を受けるが、全体的に秘めたパワーを感じさせる女性だった。

「そちらは？」

女性が日向を一瞥する。

「こちらは私のご近所にお住まいの日向さん」

「日向です」

右手を差し出す。

「大塚《おおつか》です」

女性は笑みを作り、右手を差し出した。ほっそりとした手を握る。人差し指に大きな指輪を付けている。シルバーの薔薇《ばら》の指輪だった。

「理沙さんは、今回の展覧会の企画者なの」

里子が言う。

「里子さんじゃないんですか?」

日向が訊いた。

「私は理沙さんが持ち込んだ企画のお手伝いをしているだけ」

「そういうのが学芸員の仕事なんですか?」

「そういうのも、というのが正解かな」

里子が微笑む。

「理沙さん。まだ設営中だけど、一般の方の意見を聞いてみようかと思って、日向さんに来ていただいたの」

「今、必要ですか？」

理沙の眦《まなじり》がかすかに動く。

「今だから、必要だと思うのよ。展示内容が内容なだけにね。すべて設営を終えた後は変更が利《き》かないでしょう？」

里子が言う。

理沙は一瞬双眸を据えたが、すぐに笑顔を作った。

「それも一理ですね。では、日向さん。お願いします。あ、ちなみにご職業は？」

「公務員です」

日向は答えた。

一般人に職業を告げる時、日向は警察官と言わず、公務員と言うようにしている。隠しているわけではない。警察と言うと、無用な威圧感を与えたり警戒感を抱かせたりするからだ。職務中はそうした一種独特の感覚を相手に与えることも必要だが、プライベートでは必要ない。

「公務員の方には、特に見ていただきたい展示です」

理沙が語気を強くした。

「どんな展示をするのですか？」

日向が訊く。

「反戦に関する絵画や写真です。日向さんは戦争についてどう思われますか？」

「戦争はすべきでないと思います」

「この頃の政府は、集団的自衛権を推し進めようとしたり、軍備を増強しようとしたりしています。そうした動きをどう思われます？」

理沙が矢継ぎ早に質問をしてくる。

市民系の活動家だな。日向は感じた。

本来、日向たちとは相対する人々だ。しかし、日向は、反戦活動自体が悪いとは思っていない。誰しも、戦争などないほうがいいと思っている。警察官であろうと思いは同じだ。

ただ、活動家と称する人々は右や左といった思想は関係なく、時に先鋭化し、活動を暴走させることがある。そうなった時点で、それはすでに平和活動ではなく、犯罪行為となる。

大塚理沙がどういった活動家なのか、職業柄気になる。が、そこはグッと呑み込んだ。

「政府の動きはともかく、私個人は、戦争につながるあらゆる動きには反対です。憲法九条は堅持すべきだと考えています」

日向が答える。

理沙の目元が和らいだ。公務員と聞き、敵対意識があったようだ。

「そうした考え方は大事ですね。こちらへ」

理沙が右方向へ手招く。

「じゃあ、理沙さん。日向さんをよろしくね。私は、スケジュールの確認をしてくるから」

「お願いします」

理沙が言う。

里子が日向に目を向けた。

「日向さん。忌憚《きたん》ないご意見を」

「わかりました」

日向が言うと、里子はスタジオから出て行った。

理沙に案内され、仮設営を終えたブースへ入っていった。

白いパーテーションが通路を作っている。通常、こうした展覧会では水平と直角にパーテーションを組み合わせ、来場者が進みやすいように作っていると思うのだが、理沙たちが作っている通路は妙にぐねぐねとしている。そのため、歩みは自然と遅くなった。

そのパーテーションに写真や絵が飾られている。戦地で犠牲になった一般市民の写真や絵画が多く、中にはむごい遺体の写真も飾られていた。

「かなり、ストレートですね」

日向は言葉を選び、感想を述べた。

「私たち日本人は、戦争というものを知りません。いえ、戦争というより、人の死を知らない。特に若い人たちは。だから、平気で人を殺すような創作物が蔓延《まんえん》し、そうしたゲームが流行《はや》る。そう思いませんか？」

「確かに行き過ぎた表現は人の死を軽んじることもあるかと思いますが、といって、痛ましい姿を直接見せつけることが、そうした風潮の抑止になるとは思えません。あくまで一般市民の感覚としてですが」

日向は言った。

理沙の目つきがまた鋭くなった。自分の意見に反駁《はんばく》されると不機嫌になるようだ。一見クールに映るが、その実、案外感情的な女性のようだ。

「そうして、死を遠ざけようとする風潮が、戦争の現実感を希薄にさせ、極論を肯定させる礎《いしずえ》を作る。私たちはそう思い、この展覧会を企画したのです」

理沙が言う。

一見、日向の意見に反証したようだが、自分の意見を口にしただけだった。

「この通路も歩きにくさを感じるのですが、何か意図はあるんですか？」

「この無軌道にぐねぐねとした道は、人の歩みを表現しています。生きていく中で、何もかもがまっすぐ進むわけではありません。人は常に生き方を模索し、迷いながら進む。その過程で人は過ちを犯す。ちょっとした失敗ならいいですが、その中で戦争という決して赦《ゆる》すことのできない過ちが繰り返されている。この動線と写真や絵画は、そうした人の過ちを表現するものです。歩きにくさを感じ、迷路に迷い込んだようなちょっとした不安も感じるでしょう。そこで死を直視する。まさに、人の道を示した展示だと思っていますが。いかがですか？」

「そうですね……」

日向は押し黙って腕組みをし、歩いた。短い通路を抜ける。

ブースを出た途端、大きく息をついた。それほど息苦しい空間だったということを実感した。

「どうでした？」

理沙が再び、意見を求めた。

「率直に言わせていただいてよろしいですか？」

「どうぞ」

理沙が笑みを作る。

「正直、私には反戦の意図は感じられませんでした。感じたのは、息苦しさと後味の悪い恐さだけです。手作りのお化け屋敷を回ったような感覚です。写真や絵画だけでも十分インパクトのあるものだったのに、この演出をされるとただただ恐さを感じるだけで、戦争の悲惨さを感じたり、考えたりする余裕もありませんでした。夏のイベントとしてはそれもいいのかもしれませんが、反戦という意味では一般の人に理解してもらうのは難しいかなと思います」

日向は柔らかい言葉を選んで感想を述べた。

理沙の顔から笑みが消えた。不満を目元にあらわにする。

「もう少し、スタンダードな展示にしてみてはいかがですか？　その方が、大塚さんのおっしゃる反戦の意図は通じると思いますが」

「一個人のご意見として伺います」

語気が刺々《とげとげ》しい。

それ以上、会話を続ける雰囲気ではなくなった。

日向は腕時計に目を落とした。

「すみません。私、これから用事があるので、このあたりで失礼させていただいてもよろしいでしょうか?」

「こちらこそ、お忙しいところ、ご協力いただき、ありがとうございました」

理沙はぞんざいに頭を下げた。

「では、失礼します」

日向はそそくさと出入口へ向かった。理沙は見送りもしない。

ドアを出て、廊下でふうっと息をつく。

カーテンの隙間から、搬送用のトラックが出入りする場所が見えた。そこに黒いトラックが入ってくる。

日向は思わず、トラックに目を留めた。硝子壁に近づき、カーテンの隙間から外を覗く。

黒々とした二トントラックだ。ボディーには〝飯山美術〟という社名が記されていて、その端に赤い薔薇を模したロゴがある。

「黒いトラックか……」

日向は独りごちた。すぐさま、首を振る。

「帰って寝るか」

関係者専用口に向かって歩く。

と、背後から声がかかった。

「太一さん、もう見学は終わったの？」

里子だった。

「すみません。挨拶もなく帰ろうとして」

「それはいいんだけど」

里子が駆け寄ってくる。

「ちょっと昼食でもどう？」

「いいですよ」

日向が言う。

二人はスタジオを出た。

スタジオ近くにあるバーガーショップでホットドッグを買い、公園の木陰のベンチに陣取った。店内のほうが涼しいが、人がいる場所では込み入った話ができないので、あえて表にした。

「どうだった？」

　里子が訊く。

「うーん。ちょっと先鋭的すぎると言いますか……」

　日向が言葉を濁す。

「正直なところは？」

　里子は日向をまっすぐ見つめた。

　日向はホットドッグを一口食べ、コーラで喉に流し込んだ。ひと息ついて、口を開く。

「いたずらに恐怖感を煽《あお》っている節は見られますね。また、展示している写真や絵画が毒々しすぎます。あれでは、来場者に反戦の意図は伝わらないどころか、逆に遺体マニアや猟奇マニアを刺激することにもなりかねない。よく、あれがテレビ局協賛の催しとして通りましたね？」

「そこなのよ」

　里子はため息をつき、紅茶を含んだ。

「当初は、ナショナリズムの台頭を危惧《きぐ》しての反戦イベントという申し出だったので、局側も納得していたんだけど、展示内容が具体化するにつれ、調整が難しくなっているの」

「中止もありうるということですか？」

日向の言葉に、里子がうなずく。

「今のご時世、あまりに過激なビジュアルは必ず批判対象となる。それをキー局が率先したとなると、マイナスのイメージにしかならないからね。理沙さんにはもう少しマイルドな内容にしてほしいと再三お願いしているんだけど、なかなか頑固なのよ、彼女……」

「それで、俺に意見を言わせたんですね」

「太一さんなら、遺体の写真にも慣れてると思って。でも、その太一さんでもきついんだから、一般の人には難しいな……」

「大塚さんという女性は、どういう人なんですか？」

「ワールドピース連帯協議会という団体の代表で、全国各地で反戦運動やジェンダーフリー活動を行なっている人よ」

「左翼団体か……」

「彼女の活動は時に過激ではあるけど、女性の社会的地位の向上や女性視点での反戦活動には共感できる部分もある。まだ、二十八歳だけど、そうした問題意識はしっかりしているしね。なので、協力はしてあげたいと思っていたんだけど、いざ一緒に仕事をしてみると、ちょっと、ね……」

里子が再び息を吐く。持て余しているようだった。

「法にひっかかることはないかしら？」

里子が訊いた。

「死体の写真展示をすること自体に法的規制はありませんね。思想が先鋭的であったとしても、思想信条の自由で保障されている範疇《はんちゅう》ですし。自分たちが殺害した人物の写真を飾っていたとなれば別ですが、写真を見る限り、戦場で撮られたものだったので、警察が踏み込む余地はありませんよ」

「そう。少なくとも、警察沙汰《ざた》にはならないということね」

「展覧会を開催するだけでしたら」

「仕方ない。開催日までになんとか整えてみるわ」

「学芸員も大変な仕事ですね」

「よくあることだから。あ、実乃里さんに言伝《ことづて》頼んでもいいかな」

「何です？」

「これから会場の設営で忙しくなるので、未羽《みう》を預かってもらうことも多くなると思うけど、よろしくお願いします、と」

「それならおやすい御用です。七海も喜ぶだろうし。伝えておきます」

「ありがとう」

里子が母親の笑顔を見せた。
日向は微笑みを返し、ホットドッグにかぶりついた。

第三章

1

日向《ひゅうが》が入手した防犯カメラ映像の解析結果が届いたのは、堤《つつみ》にＤＶＤを渡して三日後のことだった。報告書はＰＤＦで自宅に送られてきた。

日向はさっそく、報告書に目を通した。

最も気になっていた銃声のような音は、どちらともいえないと結論付けられている。遠方の音だったことに加え、雷鳴と雨音が邪魔をして、細かい解析はできなかったようだ。

黒木が拭っていた警備ボックスの硝子に付着したものも〝不明〟という判断が下っていた。解像度に限界があったと記されている。

当日の午後一時二十七分に入ってきたトラックについては、解析が進んでいた。トラックのボディーには、飯山美術という会社名が書かれていた。

日向は、里子《さとこ》が準備を進めている反戦をテーマにした展覧会の会場の搬入口で見た黒塗りトラックを思い出していた。

報告書には、社名の端に薔薇を模したロゴが記されているとも書かれていた。日向があの日目撃したトラックと同じだ。ただ、そのトラックが石田失踪当日のものと同じ車なのかはわからない。搬送業者なら、同型のトラックを複数台保有しているだろう。

テレビ局内部の調査結果も記されていた。

当日の同時刻、美術倉庫を管理していたのは、レインボーテレビ美術制作部部長の仲神《なかがみ》一郎《いちろう》だった。仲神によると、飯山美術のトラックで何かが搬入された事実はないという。局側の記録にもそうした事実は残っていない。

警備側、局側双方に記録がないということで、ドライバーの氏名、搬入物などの情報は一切わからなかった。

しかし、日向が入手した映像には、確かに飯山美術のトラックがゲートを潜り、地下への通路を出入りした記録が残っている。

その点について、仲神はわからないと答えている。

地下の構造図があった。地下一階は広大なフロアになっている。そこで積み荷を降ろし、二トントラックが丸ごと入るほどの大きな搬入出用エレベーターで地下三階の大道具美術室へ運ぶ。

地下一階へ入ったトラックがそのまま折り返して、地下から出てくることも可能だ。

当日の同時刻は、搬入出が一段落し、トラックも作業員もいない状況だったという。堤が入手した地下一階の防犯カメラ映像に、飯山美術のトラックは映っていなかったと報告が上がっていた。

「おかしいな……」

日向は呟いた。

仲神が知らなかったにしろ、トラックは確かに地下へ一度降りている。しかし、防犯カメラには映っていなかったという。通路の途中でUターンするのは、トラック二台がすれ違える幅があるので不可能ではないが、手間が掛かる。もし、地下への搬入がないのなら、約十分の間、何をしていたのか?

様々な疑問が脳裏に湧く。

とはいえ、報告書を見た限りでは、これ以上の新しい情報が出てくる気配はなかった。

「黒木に訊くしかないか」

日向は口にした。

当日、あの時刻のすべての出来事を知るのは、黒木しかいない。

あの日もし、石田の身に何かが起こっていたとすれば。一分一秒でも早く見つけなければ、命に関わる事態も想定しうる。

日向はスマートフォンを取り、堤に連絡を入れた。

「日向です。報告書に目を通しました。その上での結論ですが、これから黒木に尋問しようと思います」

——それは指示を待て。

「待てません。これ以上は、石田さんの身が危ない。結果は報告しますので」

——おい、待て！　日向！

電話の向こうで堤が声を張る。

が、日向は通話を切った。サマージャケットを取り、マンションを飛び出した。

2

その日、黒木は休みだった。日向は黒木が住む都営辰巳《たつみ》団地に来ていた。

辰巳団地は昭和四十二年に建てられた大規模団地だ。三千戸以上を収容できるマンモス団地だが、築四十年以上経って老朽化も進み、順次建て替え計画が進められている。

かつては大勢の子どもの声で賑《にぎ》わった公園も雑草に覆われ、団地周辺には高齢者の姿しかない。

団地群は林立するタワーマンションに囲まれ、時が止まったようにひっそりと息をしている。三基の錆《さ》びた円盤形給水塔が団地の要所にそびえ、忘れ去られてゆく昭和の名残を見守っていた。

日向は九号棟に足を向けた。その五階に黒木の住まいはある。一階には商店が並んでいた。

脇にある狭く急な階段を上がっていく。五階まで上がり、廊下を奥へと進む。五〇三号室の表札に〝黒木〟という手書きの紙が貼り付けられていた。青いドアの塗装は色褪《いろあ》せ、ところどころが剝《は》げて錆びていた。

呼び鈴を鳴らす。大きな音でピンポンと鳴る。昔ながらの呼び鈴だ。

まもなく、奥から足音が聞こえてきた。

「はい――」

気《け》だるそうな返事と共に、ドアが開く。

黒木が顔を出した。首回りの伸びたTシャツに短パンを穿《は》いている。黒木は日向を見て、一瞬目を見開いた。

「あんた、確か……」

「東京臨海中央署の日向です」

笑顔を作る。

「何か？　今日、夜勤明けで休みなんだけど」

迷惑そうな顔をして、寝癖の付いた髪を掻く。

「申し訳ない。ちょっと石田さんが失踪した日のことで確認したいことがあって、お邪魔したんです。十分もかかりませんから、ご協力の程、よろしくお願いします」

日向は笑顔のまま、静かに言った。

「……どうぞ」

黒木がドアを開く。

「すみません」

日向は黒木の横を通り、玄関へ入った。

瞬間、黒木は日向の背中を突き飛ばした。

日向は廊下へダイブした。腕立ての要領で受け身を取る。すぐさま起き上がり、背後を見た。黒木の姿はない。走り去る音が聞こえる。

玄関を飛び出した。黒木は階段を駆け降りていた。三階から二階へ達している。

「逃がさんぞ」

日向は廊下の柵から身を乗り出し、周りを見た。支柱に沿って、配水管が下まで延びている。

柵に上がった。配水管に飛び移る。両手でしっかりと管を握り、ぶらつく両足の靴底で管を挟んだ。そのまますると下へ降りていく。一階には商店のトタンの庇《ひさし》が延びていた。

黒木が商店の方に駆け出た。上を見上げる。配水管を伝って降りてくる日向を見てギョッとし、全速力で逃げた。

日向は、三階と二階の間から商店のトタン屋根に飛び降りた。トタンがひしゃげる。片足で踏み切った日向は、宙で一回転し、地上に降りた。

大きな音に驚き、商店のオヤジが出てきた。

「あんた、何してんだ！」

「すまない！」

日向がオヤジを見る。その目の端に、台車が留まった。

「ちょっとこれ、借りるよ」

日向は台車を脚で引き寄せた。取っ手のない連結台車だ。古いが、足回りはよかった。左足を乗せ、右足でキックする。スケートボードさながらに走った。

黒木の背中が目に映った。団地の敷地内から大通りへ出る。

日向は何度も地面を蹴り、台車を走らせた。大通りに出たところで、前輪を上げ、ブレーキを掛ける。黒木は左手の方向を疾走していた。辰巳橋方面へ逃げている。

日向は連結台車を黒木の方に向け、地を蹴った。台車がスピードに乗っていく。黒木との距離がみるみる縮まる。

黒木は時々振り返った。台車をスケートボードがわりにして追ってくる日向におののき、双眸を引きつらせていた。

「黒木！」

大声で名前を呼んだ。

黒木が一瞬怯《ひる》んだ。足が止まる。日向は連結台車を蹴り出した。黒木の足下へ一直線に滑っていく。

台車に気づいた黒木が飛び上がろうとした。が、わずかに遅かった。台車の縁が踵を撥ね上げた。黒木の身体が宙に浮いた。くの字に折れた身体は、そのまま尻からアスファルトに落ちた。

黒木は尾骶骨《びていこつ》をしたたかに打ちつけた。顔をしかめ、腰をさする。

日向は駆け寄った。

「逃げることはないだろう」

脚で黒木の身体をうつぶせに返した。首の付け根から肩甲骨《けんこうこつ》の間を踏みつける。

黒木が息を詰まらせた。腕を突き、身体を起こそうとするが起こせない。踏まれたカメのように両手足を地面で泳がせていた。

日向は黒木を踏みつけたまま、スマートフォンを取った。堤に連絡を入れる。

「――もしもし、日向です。辰巳橋東交差点付近で黒木の身柄を確保しました。パトカーを一台、至急寄こしてください」

手短に言い、通話を切る。

日向はしゃがみ、踏みつけていた場所に膝を置いた。体重をかけ、黒木を押さえつける。

黒木はもがくだけで、起き上がれなかった。

「無駄だ。胸元が張りつくように押さえつけられたら、どんな巨漢でも動けない。他に腕をギシギシと痛めつけて押さえる方法もあるが。どっちがいい？」

日向が言うと、黒木は渋い表情をしておとなしくなった。

「さて。なぜ逃げたのか、理由を聞かせてもらおうか？」

膝頭に力を入れる。黒木は小さく呻《うめ》いた。

「あの日の午後一時二十七分から次のトラックが来るまでの間、あそこで何が起こった？」

膝頭で背骨を痛めつける。

黒木の眉間に皺が立った。

「石田さんはどこだ？」

さらに痛めつける。

「死……死んだ！」

黒木はたまらず叫んだ。

「死んだだと？」

日向の眦《まなじり》が強ばった。

「ふざけたことを言っていると、承知しないぞ」

髪の毛を握る。

「本当だ！　俺が……俺が殺した！」

黒木が言う。

日向の眉尻が上がった。苦悩と怒りが双眸の奥で揺れる。いくつかの可能性があった中で、最も聞きたくない言葉だった。

髪の毛をつかむ手に力がこもる。黒木が呻いた。が、日向は湧き上がる怒りを抑えられなくなってきていた。

パトカーのサイレンが近づいてきた。まもなく、日向と黒木の脇で停まる。木陰のベンチでくつろいでいた老人たちが恐る恐る路上を覗いていた。

制服警官が降りてきた。

「日向巡査部長ですね。刑組課の堤課長の要請でまいりました」

若い警察官が言う。

「手錠を」

日向が手を出す。

警察官が手錠を渡した。日向は黒木の両手首に手錠を掛けた。短パンの腰あたりをつかんで、立たせる。

「交番へ連行しますか？」

「いや、本署へ連れて行ってくれ」

日向は言い、黒木を後部座席に押し込んだ。

3

石田の遺体が司法解剖を終え、豊洲タワータウンに戻ってきたのは、黒木が逮捕された五日後のことだった。

亡骸《なきがら》は自治会長の菊谷が引き取った。菊谷は、タワータウンの共有ホールで石田の葬儀を執《と》り行なった。

マンション前は、マスコミ関係者でごった返していた。キー局の警備員が殺害されるという事件は、メディアの格好のネタだ。逮捕された黒木や佐竹だけでなく、石田のプライベートも洗いざらい取材され、連日、ワイドショーを賑わせていた。

マンションの玄関には、臨海中央署の警察官が配備されていた。田村の顔もある。日向は黒木を緊急逮捕した当事者なので、警備からは外されていた。

百席ほど設けられた祭壇前の椅子は埋め尽くされていた。自治会の活動に尽力した石田の人柄が偲《しの》ばれる。あちこちで啜《すす》り泣く声が聞こえた。

日向と実乃里《みのり》に七海《ななみ》、嶺藤《みねふじ》里子と未羽《みう》の姿もあった。読経《どきょう》が終わり、弔問《ちょうもん》客が次々と焼香《しょうこう》をして手を合わせる。

黒木は取調室ですべてを自供した。

あの大雨の日、黒木は飯山美術契約社員・佐竹光郎と共謀し、石田を計画的に殺害した。

金銭トラブルが原因だった。黒木と佐竹はパチンコやスロットなどの遊興費のために消費者金融から多額の金を借りていたが、返済は滞っていた。そこで半年前、人のいい石田に頼み込み、黒木が七十万、佐竹が五十万円を借りたという。

しかし、その後も放蕩《ほうとう》は続き、借金は増え続け、石田に一銭も返さないまま二度目の借金を申し込んだところ、石田は激高《げっこう》し、それぞれの会社の上層部に報告すると言い出した。なんとか思い止まらせたものの、いつ会社に報告するかわからないと危惧した黒木と佐竹は、殺害計画を実行した。

凶器に使われたのは拳銃だった。佐竹が池袋で中国人から七万円で買い入れたものだ。

当日、黒木は警備員だけが持つ搬入予定確認用のタブレットに架空の搬入データを入れ、佐竹のトラックを招き入れた。そして佐竹が隠し持ってきた拳銃で石田を殺し、トラックの荷台に積んだ。

その後いったん、トラックはゲートの中へ入っている。地下の防犯カメラに映る可能性を指摘したところ、トラックは地下まで行かず、途中でUターンし、待機していたそうだ。

他の警備員やテレビ局員の目には十分注意を払っていたが、万が一を考え、一般的な搬入出にかかる十分以上、ゲート内に待機し、搬入が終わったように装い、地下から出てくるよう打ち合わせていた。

黒木が拭っていたのは、石田の血糊《ちのり》だった。掃除に使った布はすべて袋に入れ、石田の遺体と共に運び出した。

石田の遺体と関係する証拠品は、飯山美術が所有する倉庫の冷凍庫の奥に隠されていた。近日中に手配を付け、海外のコンテナ船で運び出し、公海上に投棄してもらうつもりだったという。

おかげで遺体は保存され、死因も判明し、殺害に関わったトラックや凶器、防犯カメラ映像の加工に使ったパソコンなどの証拠品もすべて押収《おうしゅう》できた。

パソコン内には、加工前の防犯カメラ映像が残っていた。黒木は、映像の加工や架空搬入データの入力と消去の事実も認めた。

黒木の供述と物証に齟齬はない。東京臨海中央署刑事組織犯罪対策課は、黒木と佐竹の私怨《しえん》による犯行と断定し、この一件は幕を閉じた。

菊谷は焼香を済ませた弔問客に頭を下げていた。涙ぐみ、数珠《じゅず》を握り締め、時折声を詰まらせながらも気丈に挨拶を続ける。

焼香を済ませた日向が、菊谷の前に立った。菊谷は日向の両二の腕を握った。

「聞いたよ。君が石田君のことを捜してくれていたそうだね。残念な結果になったが、君に発見してもらって、石田君は幸せだったと……」

菊谷は唇を嚙みしめた。

日向は何も言えなかった。

石田の居所を見つけたのは、確かに自分だ。が、望んでいた結果ではなかった。できれば、生きて戻ってきて欲しかった。本当にふらりと旅にでも出ていてくれたら……と願っていた。

しかし、叶わなかった。

日向は深く一礼し、会場を出た。そのままエレベーターホールへ向かう。実乃里と七海が小走りで駆け寄ってきた。

「あなたのせいじゃないよ」

実乃里が声をかける。日向は少しだけ顔を上げ、微笑みを作った。

エレベーターを待っていると、未羽が駆け寄ってきた。

「七海ちゃん。あそぼ！」

「うん！　ママ、いい？」

七海が実乃里を見上げる。

「表はおじさんたちがいっぱいだから、お家の中ならね」

　実乃里が微笑む。里子が歩み寄ってきた。

「じゃあ、うちへ来ない？　今日は休みだから、たまには。いつもお世話になりっぱなしだし」

「いいの？」

「ええ。よかったら、実乃里さんと太一さんも。こんな日は、大勢でいる方が気も紛れると思うし」

　里子が言う。

「そうしようかな。あなた、どうする？」

「俺はいいよ。七海と二人でお邪魔しておいで」

「太一さん、大丈夫？」

　里子が日向を見やる。

「大丈夫ですよ。こんなことになりましたが、マンションのみんなで石田さんを送れて良かったと思っています」

　日向が笑顔を覗かせる。

　里子は微笑み、うなずいた。

実乃里と七海を里子に預けた日向は、自宅へ戻るとすぐ、書斎へ入った。上着を脱ぎ、黒ネクタイを半分ほど解き、ワイシャツの第一ボタンを外す。椅子に座るとすぐ、パソコンを起動した。

事件は一応の解決を見た。しかし、日向は納得していなかった。

自分で入手した動画を再生し、確かめる。

どうしても納得がいかない部分がある。

石田は一度、荷台の中に入っている。初めから殺害するつもりなら、荷台の中で行なえば良いだけの話だ。そうすれば、そのまま遺体を運び出すことができ、手間も省ける。

だが、黒木は石田が荷台から出てきて、警備ボックスへ戻ったところで殺した。

これはリスクが大きい。

当日、運よくゲリラ豪雨に見舞われ、周囲の目や耳を逃れられた。とはいえ、天候は読めない。そこまで計画するのはほぼ不可能と考えると、ますます石田を荷台で殺す方が合理的だ。

トラックをわざわざゲート内へ入れたことにも疑問を覚える。当日、あの豪雨の中、見ていたのは防犯カメラだけだった。とすれば、雨が激しく降り注ぐうちに退散した方が発覚する危険性を小さくできたはずだ。黒木がボックス内を掃除する時間が必要だったとしても、十分間の待機は不自然に映る。

日向が最も気に掛かっているのは、石田の行動だった。

映像にはところどころ、白飛びしたりノイズが入ったりして途切れている部分がある。が、一連の動きは確認できる。

石田は荷台を検査し、荷台から降りると携帯のような物を持ち、どこかに連絡を取っている。その後、ボックスへ入り、しゃがみ込んだ。

この行動がどうしても気になる。

石田は誰に連絡を取り、何をしようとしていたのか？

黒木に訊いたが、携帯で連絡を取っていたことはないと言った。

確かに、石田が携帯を持っていたかどうかは、映像では確認できない。そのように映るというだけのことだ。

「確かめてみるか」

日向は席を立ち、ランニングウェアに着替え始めた。

4

通用口からマンションを抜け出した日向は、晴海《はるみ》通りを南下して右に曲がり、湾岸道路をまっすぐに走った。

ゆっくりと走って、三十分ほどでお台場のレインボーテレビに着いた。ランニングバッグからタオルを出して汗を拭い、スポーツドリンクで喉を潤し、裏手の美術搬送用出入口へと歩いた。

警備ボックスの周りに張り巡らされていた立ち入り禁止の黄色いテープは撤収されていた。ボックスの入口には、南関東警備保障の制服を着た若い警備員の姿が見えた。

「すみません」

日向は笑顔で近づいた。警備員がつばの下の鋭い双眸を光らせる。

日向はランニングバッグから身分証を取り出し、提示した。

「お疲れ様です」

警備員が直立し、口をへの字に締めた。

「捜査ですか？」

「いや、ちょっと確認に来ただけです」

日向は警備員に歩み寄った。

ボックスの入口に立つ。日向はしゃがみ、両手を合わせた。

「刑事さん、勘弁してください」

警備員が声をかける。私服だからか、日向のことを刑事と思ったようだ。日向はそのままにしておいた。

「俺は霊とかそういうの平気なんですけど、そういう姿を見ると、同僚や搬送業者さんが怖がるんですよ。ただでさえうちの契約自体も危ういんですから」

警備員が愚痴をこぼす。

「これで最後にしておくよ」

返しつつ、警備ボックスの下部に視線を巡らせた。

電子機器のコードや鏡、メジャーなどの検査器具を置いている。

その中に見慣れないものがあった。工具箱かと思ったが、ちょっと違う。日向はしゃがんだまま、警備員を見上げた。

「これは何ですか？」

黒いケースを指差す。

「ああ、それは爆発物検知器です」

「爆発物？」

「はい。プラスチック粘土や金属製の筒は爆発物の可能性もあるでしょう？　申請と違う品物だったり、申請にないプラスチック粘土や金属製の筒の場合、一応検査するよう決められているんです。めったに使うことはありませんけどね」

「ちょっと見せてもらってもいいですか？」

日向は立ち上がり、後ろへ下がった。

警備員は「はい」と答え、黒いケースを取ろうと膝を折った。

日向は警備ボックス全体を視野に入れ、警備員の様子を見た。身体の一部が硝子壁の下のスチールに囲われた部分に隠れる。

石田が屈んでいた時の状況とよく似ている。

「こんな感じです」

警備員は振り返り、ケースを開け、中を見せてくれた。

ドライヤーとガス検知器が合わさったような装置が入っている。警察でも見かける機器だ。

「ありがとう」

「いえ」

警備員は微笑み、ケースの蓋を閉じて元の位置に戻す。

その間に日向は、警備ボックスの中をくまなく観察した。

胸元までの高さのテーブルにはタブレットとモニターが二台置かれている。モニターの一台には警備ボックスから撮影されている映像が、もう一台には地下一階の搬入出フロアと思われる映像が映っている。タブレットにはリストが表示されていた。ボックス右側には、予備の制服が掛けられている。

警備員が立ち上がった。

「そのタブレットは？」

日向が目を向ける。

「これは搬入の予定を表示したものです」

「ちょっと見せてもらってもいいですか？」

「どうぞ」

警備員はタブレットを充電器から取り、日向に渡した。

日向はタッチパネルを指で払った。画面がスクロールする。ざっと見て、気になった部分を表示した。

「この〝未着〟というのは？」

赤い文字を指す。

「それはまだトラックが到着していないという意味です」

「でもこのトラック、もう三十分も前に到着している予定だけど」

「交通事情や天候で遅れることは多いんです」

「この枠の右端に書いてある名前は？」

画面を指で広げ、少し大きくした。

「それは、局内の発注者の名前です。積み荷の確認や遅延の報告をする時に必要なものです。名前をタップすればメーラーが起ち上がって、直接メールをすることができます」

「ふうん」

発注者のフルネーム、局内の部署、肩書、その横に携帯の番号も載っている。

日向は名前を指でタップしてみた。

「あ、困ります」

警備員はタブレットを取り上げた。

「ごめん。つい、叩いてしまった。その十一桁の番号は携帯？」

「ほとんどは局内専用のＰＨＳです。中には携帯の番号もありますが、コンプライアンス委員会からは、なるべく専用ＰＨＳを使うよう通達がありました。スマホや携帯は外部に情報が漏れやすいですから」

「ＰＨＳ本体は？」

「ここにあります」

警備員は腰のホルダーを指差した。太く短いアンテナが付いた小さな筐体《きょうたい》だ。一昔前の携帯電話のようだった。

「それだとどうして安全なんですか？」

「これは、通話したＰＨＳ同士の本体と局内のサーバに通信記録が残ります。消去をするには、通信管理部の専用機器を使わなければなりません。本体に残った記録は、だいたい一カ月から半年程度は残るようになっています」

「どんなふうになっているんです？」

「こうです」

警備員はＰＨＳを取り出した。簡素な液晶画面があり、その下にダイヤルキーが付いている。まさに形は旧式携帯だ。

警備員はサイドに付いている表示ボタンを長押しした。するとメニューが起ち上がった。その中の通話記録という部分に光の帯を合わせ、通話ボタンと切断ボタンの間にある決定ボタンを押した。

すぐさま番号が表示された。担当者情報はない。

「番号だけ?」

日向は訊いた。

「それで十分です。このPHSは個々人に割り振られたものなので、番号だけで誰と通話したのかわかりますから。紛失した場合の個人情報保護の意味もあります」

警備員は画面表示を元に戻し、ベルトのホルダーにしまった。

「持ち主の割り出しは?」

「社員のデータベースと照合するんだと思います。警備員はこのタブレットで検索できますけど」

「ほお、すごいですね。ちなみに、どんな感じで検索するんですか?」

日向が訊く。

警備員はタブレットを取り、搬入予定表の一枠を適当にタップした。詳細項目が出てきた。

「この担当者名の下に、検索窓があるでしょう?」

警備員が指で引き伸ばす。虫眼鏡の印が付いた検索窓があった。

「ここにPHS番号を入れると、担当社員データが表示されるんです」

「それはすごい。オンラインで、クラウドデータか何かを使っているのかな?」

「いえ。タブレット内にあるデータとの照合です。時々、会社が更新しているみたいですけどね」

「なぜ、そのような検索機能が?」

「たまに、複数で担当していることがあって、搬入業者とこっちが把握している担当者名と異なる場合があるんです。そういう時に、検索機能を使って社員かどうか調べ、電話やメールで確認を取ります」

「なるほど。徹底した警備体制ですね。素晴らしい」

日向は深くうなずいた。

「何か問題でもありましたか?」

「いや、ちょっと興味本位で訊いてみただけです。ありがとう」

日向は白い歯をこぼし、その場を去った。

日向はその足で、本署へ立ち寄った。周りに挨拶をしながら、奥へと進んでいく。タワータウンの警備を終えた田村が戻ってきていた。

「よう、どこに行ってたんだ？」

「ちょっと気分転換に走ってきたんだ」

「まあ……おまえのせいじゃない。気を落とすな」

田村はすれ違いざま、肩を叩く。

「わかってるよ」

日向は振り返って笑みを見せた。

「石田さんの遺留品は保管室か？」

流れで訊く。

「そうだが。何だ？　まだ、ひっかき回すつもりか？」

田村は目を細め、日向を見つめた。

「菊谷さんに、何か遺品をもらってきてくれと言われたんで、仮還付でもできる物があればもらっていこうかと思ってな」

「自治会長さん、我が子が死んだような悲しみ具合だったもんな。石田さんらしい物を持っていってやれ」

「そうするよ」

日向は右手を挙げ、田村と別れた。

地下にある証拠品の保管庫に行く。格子ドアの前で、管理責任者の壮年の警察官に身分証を見せ、台帳に名前を記入した。備考欄には〝証拠品の確認〟とだけ記した。

格子のドアが開いた。中へ入る。担当警察官が座るデスクから奥に廊下が延び、左手に四つのドアが並んでいる。それぞれにAからDまでの記号が振られている。

「どの事件のだ？」

警察官が訊く。

「南関東警備保障の石田警備員殺害事案です」

「あれか。D－67だな」

警察官はディンプルキーを取り、日向の前を歩いた。日向が続く。一番奥のドアの前に立ち、鍵を開けた。

重い扉が開く。室内に足を踏み入れた。コンクリートに囲まれた部屋は静かで、証拠品を保全するため空調が利いていた。

中央に広い通路があり、その中ほどにテーブルが設《しつら》えられている。通路の両脇にスチールの棚が並び、その棚には段ボール箱が置かれている。段ボール箱にはそれぞれの事案に割り当てられた番号が書かれていた。

通路の中央あたりで右に折れる。手前すぐのところに〝D－67〟という番号のシールが貼られ、マジックでも記された段ボール箱が三箱あった。

「そこに出して見てくれ。袋から出す時は、必ず手袋をしろよ」

警察官はテーブルに視線を投げ、白手袋をそこに置いた。

「わかりました」

「それと、そのバッグ。預かるよ」

警察官が目でランニングバッグを指す。

証拠品の紛失盗難防止のため、バッグの類は持ち込めない。衣服のポケットは、入出時の二度、検査される。日向もポケットの中を確認され、持ち物をすべて預けた。

「記録の必要がある時は、これで」

警察官はメモ用紙とボールペンをテーブルの端に置き、日向の荷物を持って部屋を出た。

以前はここまで厳しい身体検査はなかったが、昨今、証拠品の取り扱いに関しての不正が続いたため、万全の体制を取るようになった。面倒だが、そうして事故がないよう徹底するのは仕方のないことだ。

日向は三つの段ボール箱をテーブルに置いた。ガムテープを剝がし、中を覗いていく。血にまみれた石田の制服を目にし、少々気分が重くなる。気を入れ直し、中をひっくり返す。

二つ目の箱の底に、ＰＨＳがあった。ビニール袋に入れたまま、サイドの電源ボタンを押してみる。起動した。日向は警備員に見せてもらった手順で、通話記録を呼び出した。最後に通話した番号が表示された。

通話時刻は、石田が殺された日の午後一時三十五分となっている。佐竹のトラックがゲート前に着いて八分後だ。

メモ用紙を取り、一枚破る。日向はボールペンにキャップをしたまま、その電話番号を書き記した。

その後、箱の中を漁《あさ》り、石田がロッカーに遺していた私物から、腕時計と帽子、たまにかけていた茶縁のサングラスを取り出した。それらを番号を書いたメモ用紙の裏に書き記した。

箱を片づけ、部屋を出る。

「すみません。この三点を還付してほしいんですが」

そう言い、警察官のデスクに置く。品目を書き記したメモも置いた。

警察官はビニール袋に貼られたシールの証拠品番号を書き写す。メモは一瞥しただけだった。

「仮還付になるが、いいかな？」

「はい。まあ私物なので、問題はないと思いますが」

「そうだろうが、まだ勾留中だからね。とりあえずこれは持ち出していいが、起訴までは袋から出さないでくれ」

「わかりました。身元引受人には伝えておきます」

日向が言うと、警察官はうなずいた。

ポケット検査を行なう。当然、問題はない。日向は返されたランニングバッグに、証拠品とメモを入れ、挨拶をして警察署を後にした。


本署を出た日向は、いったん家へ戻って着替え、南関東警備保障のオフィスを訪れた。応対に出てきた高村《たかむら》は、少しやつれていた。応接室へ通される。

「お疲れですね」

日向が言う。

「事が事なので。まさかこんな事件が我が社で起こるとは……」

言葉の切れ端に、深いため息が漂う。

「で、今日は何を？」

高村が訊いた。

「もう一度、当日石田さんが担当したトラックの履歴を確認してくるよう命じられまして」

「先日、提出したリストにあるものだけですよ」

「わかっているのですが、起訴前なので、再確認をするようにと。リストでなく、石田さんが使っていたタブレットがあればありがたいのですが」

「わかりました。お待ちください」

高村はため息をついて、立ち上がった。

一人になる。日向はメモ用紙とペンを出した。メモ用紙を裏に返し、キャップで数字を書いたところをペン先でさらさらと黒くしていく。数字が白く浮かび上がった。

「０７０――」

呟き、頭の中に叩き込む。

ドアレバーが傾いた。日向は素早くメモとペンをバッグの中に入れ、何事もなかった様子を装い、高村に視線を向けた。

「これが当日、石田が使っていたタブレットです」

高村が立ったまま差し出す。日向は受け取り、電源を入れた。

「あの、私、いろいろとしなければならないことがありますので、席を外してもよろしいですか？」

高村が言う。

「どうぞ。お忙しいところすみません。タブレットは？」

「御用が済みましたら、受付に返しておいてください。では、失礼します」

高村は会釈をし、部屋を出る。後ろ姿には、溜まりに溜まった疲れがどんよりと乗っかっていた。

日向は高村の背中に頭を下げ、労をねぎらった。

しかし、一人になれたことはラッキーだった。

日向はさっそく、搬入予定表を表示した。一応、当日の予定を確かめてみる。やはり、飯山美術の記録はない。

適当に一件のデータをタップし、詳細項目を表示する。担当者名の下の検索窓をタップする。数字のテンキーが現われた。

日向は記憶した番号を入力した。検索をかける。

「こいつか……」

日向はスマートフォンを出し、画面を撮影した。

石田が最後に連絡を取ったのは、仲神一郎だった。美術制作部の部長を務める四十七歳の男だ。髪の毛が長く、分けた前髪の一部が左眼の端にかかっている。顔は逆三角形で細く、薄い唇が冷たさを感じさせる男だった。

日向はタブレットをシャットダウンして受付に戻し、会社を出た。


マンションへ戻ったのは午後六時を回った頃だった。まだ、実乃里と七海は帰っていない。日向はまっすぐ、書斎に入った。

すぐにパソコンを起ち上げ、動画を再生する。石田が荷台から出てきて、電話をしているような仕草をしている部分で静止し、時間を確かめる。

右上のカウンターは午後一時三十五分を明示していた。

「やはり、この時に電話しているな」

静止画面を見据える。

荷台から出てきてすぐ、仲神に電話を入れている。ということは、この荷の発注者が仲神だということがわかる何かがあったということだ。

黒木は架空の搬入予定データをタブレットに入れたと証言している。これが黒木と佐竹二人の犯行であれば、仲神に電話を入れた時点で架空だということが発覚する。それならば、黒木は電話を入れようとした時に石田を殺さなければならない。

しかし、動画では、石田が電話を終えて警備ボックスに戻り、しゃがみ込んだところで殺している。

つまり、黒木は、石田が仲神に問い合わせても、飯山美術の搬入予定が虚偽だと気づかれることはないと知っていたということだ。

「仲神が口裏を合わせたということか？」

浮かんだ可能性を口にする。

得た情報を頭の中で精査していく。

石田は荷台を確認した後、仲神に連絡を入れた。仲神は佐竹の運んできた積み荷は自分が発注したものだと言い、石田は納得して電話を切った。その後、警備ボックスに戻ってしゃがんだ。

「その後、警備ボックスに戻ってしゃがんだ……」

動画を睨みつけている時、爆発物検知器のケースが脳裏をよぎった。

「石田さんは、積み荷を検知器にかけようとしていた……」

日向は双眸を見開いた。

そう仮説を立てると合点がいく。

黒木と佐竹は仲神と共謀し、爆発物のような何かを搬入しようとした。石田はその搬入予定と積み荷に疑念を抱き、仲神に電話を入れて確認した後、積み荷を検知器で検査しようとした。

そこを殺した。

「何か持ち込んだのか？」

これ以上は、黒木、佐竹、あるいは仲神に訊いてみないとわからない。が、もしそうなら、簡単には口を割らないだろう。

証拠を見つける必要がある。確固たる証拠を突きつけて、口を割らせるしかない。

「忍び込むか」

日向は再び、席を立った。長袖の黒いランニングウェアに着替える。黒いランニングバッグを背負い、玄関へ走る。

黒いランニングシューズを履いていると、ドアが開いた。

「あー、あなた。いたの？」

「いたよ」

「何度も電話したんだけど出ないから、どうしたのかと思って」

「すまん。ちょっと寝てたもんでな」

日向は言った。

個人で捜査している最中、スマートフォンが鳴るのは邪魔だと思い、マナーモードにしたままだった。

「どうした?」

実乃里を見上げる。

「夕飯作るのが面倒になっちゃって、里子さんの家で何かを取って食べようということになったんだけど」

「俺はいいよ。ちょっと走ってくるから」

「今から?」

「石田さんの件にかかりっきりで、走ってなかったからな。明日からまた通常勤務だから、身体を戻しておこうと思って」

「少しは休んだら?」

「落ち着かなくてね」

顔を伏せる。

「全身黒ずくめは、そういうこと？」

実乃里が訊く。

日向は顔を伏せたまま黙っていた。

「しょうがないな、うちのパパは」

実乃里は胸下に腕を組み、ふっと微笑んだ。

「じゃあ、私たちは食べておくから、あなたは何か食べてきて」

「そうするよ」

日向は立ち上がった。

実乃里と笑みをかわし、玄関を出た。

5

日向はレインボーテレビに舞い戻った。陽が落ち、辺りは暗くなっていた。局舎の裏に回り、美術搬送用出入口とは車道を挟んで反対側の歩道の街路樹の陰に潜んだ。黒ずくめの日向が闇に溶け込んでいく。

出入口の様子を覗き見た。警備員は替わっていた。中年のほっそりとした男と若くて背の高い男がボックスに詰めていた。

身分を名乗って、中へ入ることはできる。が、仲神に知れては、元も子もない。確証のある話でない以上、秘密裏に証拠をつかむ必要がある。

トラックの様子を見ていた。一台で来ることもあれば、数台が連なって来ることもある。

警備ボックスはトラックの左面にある。トラックはボックスに左側面を見せて停まり、検閲を受けた後、ゲートを潜る。地下への通路に明かりはなく、通路自体は暗い。通路に防犯カメラがないことは、黒木の件でわかっている。

トラックが三台連なってやってきた。日向はボックスとは逆方向に十メートルほど走った。最後尾のトラックが過ぎた瞬間道路を渡り、荷台のサイドパネルに隠れ、並走した。ゲート前で脇の植え込みに飛び込む。顔を覗かせ、様子を窺《うかが》った。

トラックはゲートにフロントを向け、停まっていた。ボックスからはトラックが目隠しとなり、日向の位置は見えない。

警備員がリヤドアを開き、積み荷の確認を始めた。日向は体勢を低くし、息を潜めた。一台、二台と検査が進んでいく。三台目の積み荷を確認し、警備員が戻った。

まもなく、ゲートのバーが上がった。トラックのエンジンが唸《うな》る。

日向は植え込みから飛び出した。素早くゲートをかいくぐり、地下通路に潜り込む。

と、けたたましいブザーが鳴った。地下から出てくるトラックを報《しら》せる合図だ。

日向は立ち止まった。下からライトが迫ってきた。上を見る。搬入トラックが入ってきていた。隙間がない。

日向はとっさに、上から来る一台目のトラックの後方に走った。上下のライトが重なり、周囲の視界が一瞬飛んだ。その瞬間、日向は一台目のトラックのリヤと二台目のトラックのフロントの隙間に入り込んだ。一台目のリヤドアの縦に走るロッドに手を掛け、リヤバンパーに爪先を引っかける。

トラックは日向をひっつけたまま、前に進んだ。下からのトラックとすれ違い、地下道が暗くなる。その隙に、日向はリヤバンパーを蹴り、反対側の通路に転がった。前受け身を取って立ち上がり、地下道の壁に身を寄せる。

三台のトラックは、何事もなかったように地下一階へ進んだ。日向の姿を闇が溶かした。

「ふう、危なかった……」

額の汗を手の甲で拭い、地下へ降りていく。

地下道の壁に背を当て、地下一階フロアを覗いた。広くて天井の高いスペースに、トラックが五台停まっていた。その隙間をフォークリフトや作業員が縦横無尽《じゅうおうむじん》に動き回っている。

エンジン音や飛び交う声でうるさい。が、フロアを動き回る分には足音を気にすることもないので、好都合だった。

軽い荷物は運転手と作業員が手作業で下ろし、重い物はパレットごとフォークリフトで下ろしている。

左手の奥に、二トントラックが一台すっぽり入りそうな巨大エレベーターがある。フォークリフトはパレットに積まれた荷物を持ち上げ、そのまま巨大エレベーターに乗り込んでいた。

右手を見る。非常階段の誘導灯があった。

日向はライトが当たっていない陰を見つけ、地下一階フロアへ入り込んだ。小コンテナや段ボール箱の陰に身を隠し、非常階段のドアの前にたどり着く。ドア周りに目を向けた。ため息をついた。非常階段のドアには、IDカードリーダーが設置されていた。

「エレベーターしかないか……」

どうするか、思案していた時、構内に声が響いた。

「おーい。Aの24のパレットの荷物を下へ運んでくれ！」

作業員の声だ。

日向はパレットに目を向けた。段ボール箱に手書きの紙が貼られていて、マジックで大きく番号が書かれている。

Aの24を探した。日向のいる非常ドア前から通路を横切った反対側六メートルほどのところにある。大型のプラスチック製パレットケースが四箱積み上げられている。高さは五メートル以上になる。

日向は周りに視線を巡らせた。壁には換気用のダクトや電源関係のパイプが張り巡らされていた。それを目で追う。日向の立っている位置からそのダクトやパイプを伝っていけば、パレットケースの上までたどり着ける。

フォークリフトが左奥から非常階段の方へ向かってきている。Aの24を取りに来ている車だろう。トラックや他のフォークリフトに行く手を阻まれ、右に左にと蛇行しながら近づいてきていた。

日向はドア脇にあるダクトを両手で握った。両爪先を掛け、するすると登っていく。六メートルほど上がったところで、ダクトをつかんだまま、右脚を投げ出した。

壁を横に這う電源パイプに右爪先を掛ける。ほんの十センチほどの幅しかないが、十分だ。靴裏でしっかりとパイプをつかみ、揺れる下半身を固定した。

電源パイプ上一メートルほどの壁面に、パイプと並行してスポットライトを取り付けるためのダクトレールが走っている。ダクトレールに手指を掛ければ、そのまま横移動できる。

日向は宙に浮いた左足の裏を換気用ダクトに押し当てた。シューズの摩擦力を利用し、少しずつ身体を上げていく。右爪先と左足が同じ高さになった。日向は身体前面に体重をかけた。

「せーの！」

両手と左足で、ダクトを押した。同時に、右爪先に力を込める。

身体が右爪先を支点として、右に大きく流れた。日向はダクトレールに両手を伸ばした。両手の五指が掛かる。流れる身体の勢いを利用し、上半身を引き上げ、舟のオールを漕ぐ要領で前半身を壁に引き寄せた。流れについてきた左足の爪先を、電源パイプに引っかける。

日向は壁を這う蜘蛛《くも》のように、ぴたりと張りついた。飛び移った際、スポットライトが揺れた。背後が気になるが、顔を動かせない。

電源パイプもダクトレールも強度には不安がある。両手と両脚に均等に体重をかけて進まなければ、どこで折れたり外れたりするかわからない。頭は常に体幹の中心に置いておく必要がある。

日向は右爪先と右手の指を同時に横へ滑らせた。股が開き、上半身が沈む。適当なところで右に進むのを止め、今度は左爪先と左の指を引き寄せる。股が閉じて上半身が上がり、双脚を三十センチほど開いた立ち姿に戻る。

日向は慎重に、しかし、スムーズに速度を保ちつつ、横へ横へと移動していった。

角に来た。日向は身体前面を壁に預け、右脚と右手を伸ばし、先に爪先と手指を引っかけた。左から右へ、少しずつ体重を移動させ、身体を九十度回していく。左爪先と左手指は身体の進みに合わせて少しずつ角へ近づけた。

身体が九十度回転した。右側に移ろうと、左爪先に力を込めた。

瞬間、電源パイプの留め具が外れた。

重心が左に傾いた。日向は胸を壁に当て、ダクトレールに掛けた左手指に力を込めた。ダクトレールと電源パイプがみしりと軋《きし》んだ。日向は壁に張りついたまま、バランスが取れるのを待った。

左脚は浮いている。が、じっとしていると次第にバランスが取れるようになり、左の股関節から先にしか浮遊感を感じなくなった。ぶらつく脚から力を抜き、両手の手指でそろりと上体を引き上げる。左脚が上半身に引きずられ、上がってくる。

爪先が掛かった。体幹を立て、姿勢をまっすぐに正す。

日向は大きく息を吐いた。黒目を動かし、フォークリフトの様子を見る。間近まで迫ってきていた。

日向は再び、横移動を始めた。リズムに乗り、スピードが上がる。Aの24のパレットケース前まで来た。

パレットケースまでは、八十センチほどの距離があった。積み荷の上には、銀色のシートが被せられていた。中身がわからない。軽いものであれば、足を引っかけた途端に傾いてしまう。

「飛ぶしかないか……」

再び、フォークリフトを確認する。運転手はAの24を見つめ、速度を落とし始めた。

日向は息を吸い込んだ。吐き出す瞬間、両手と両爪先で壁を押した。

身体が宙に浮いた。首を捩《よじ》る。パレットケースの中央に背中が落ちていく。日向は銀のシートに触れる瞬間、両手足を引き寄せ、背を丸めた。

身体がずっぽり嵌《は》まった。背中に硬い物が当たった。顔をしかめたが、歯を食いしばり呻きを抑えた。

ケースが揺れる。日向は両膝を胸元に抱えたまま、揺れが収まるのを待った。まもなく揺れは小さくなり、止まった。

日向は銀のシートをめくった。ケース内には大量の太い電源コードが入っていた。日向はコードの隙間に入り込んで身を丸め、銀のシートを上に被せた。

フォークリフトが停まった。パレットにつめを刺し、持ち上げる。積み荷が揺らいだ。日向は思わず、電源コードを抱いた。見えないだけに、不意の揺れには肝を冷やす。

フォークリフトが動き始めた。進んで停まるたびにケースは揺れる。日向は気が気でなかった。

右に左に曲がりつつ、進んでいくのがわかる。しばらくすると、フォークリフトが動かなくなった。シートをめくり、そっと様子を覗いてみる。

エレベーターの前だった。三枚扉の巨大なドアが開く。日向を乗せたフォークリフトが入った。ドアが閉まり、降りていく。下降速度はゆっくりとしているが、箱はまったく揺れない。頑丈なエレベーターだった。

エレベーターは地下三階で止まった。ドアが開き、フォークリフトが動き始める。エレベーターを出てすぐ、フォークリフトが停まった。

「Aの24、持ってきたぞ！　どこに置く？」

ドライバーの声がした。

「Cブロックに持っていって、そのまま置いといてくれ」

地下三階にいる誰かが言った。

フォークリフトが動き始めた。右に曲がり、まっすぐ奥へと進む。やがて停まり、九十度回転すると、パレットケースが下がり始めた。地に着いた衝撃が軽く日向の下にまで響いてくる。ケースの揺れがぴたりと止まった。

フォークリフトのエンジン音が遠ざかっていく。

日向は起き上がり、顔を覗かせた。

湾岸エリアに建つ倉庫のような広さを有する地下室だった。戸建て住宅のような高さの大きな板や壁が、無造作に立てかけられている。室内中央に空間があり、十畳を超える作業台が置かれている。

作業台の周りには数名の美術職人がいて、台に置いた大きなプラスチック片をカットしたり、色を塗ったりしていた。

日向は立ち上がり、通路に面していない方から出て、ケースの出っ張りに手足を掛け、フロアに降りた。

五メートルを超える美術セットに囲まれた。まるで自分が小人になったような気分だ。

通路に顔を覗かせ、全体を見る。小道具が置かれているスペースや着ぐるみが放置されているスペースもある。適当に放っているように映るが、一応、それぞれの用途に従って、まとめてはいるようだった。

しかし、とにかく広い。この中から、当日、佐竹が持ち込んだものを探すのは容易ではない。

「どうする……」

腕組みをし、周りを見る。その目に小道具のブースが留まった。

日向は周囲に注意を払い、Aブロックにある小道具のブースに駆け込んだ。

カツラや眼鏡などがスチールケースに並べられていた。タブレットもある。その奥には洋服もあった。薄汚れているが、着られないことはない。

日向はジーンズとシャツを着てバッグを置き、金槌《かなづち》などを入れるベルトを腰に巻いた。そこに金槌やカッターなどを突っ込み、長髪のカツラを被り、黒縁眼鏡をかけた。IDカードホルダーも取り、首に引っかける。

日向はAブロックを出て、美術を作っている現場に歩み寄った。

「お疲れさんです」

慣れた口調で声をかけた。

手前にいた日向と同い年くらいの若い美術班員が振り向いた。日向を見て、怪訝《けげん》そうに目を細める。

日向はとっさに相手のIDカードを盗み見た。榛名《はるな》という名の男性だった。

「すみません、榛名さん。ADのサトウですけど、仲神さんから、こないだ飯山美術さんがここに運んできた物を確認してきてくれと言われまして」

適当に言う。

仲神や飯山美術の名前を出したせいか、榛名の目から警戒心が消えた。

「こないだって、いつのだ?」

「ええと……八月十三日の午後一時半くらいに運ばれてきたものだと言ってました」

「ああ、あのプラスチック粘土か」

「プラスチック粘土なんですか?」

「聞いてきたんじゃねえのか?」

「いや、物を確認してきてくれと言われただけで。ちょっと待ってください」

日向はスマートフォンを出した。番号を入力するふりをしてみせる。

「どこにかけるんだ?」

「仲神さんです。ちょっと確かめてみます。番号は、070675O×××ですよね」

わざと言う。

「そんな番号だったと思うが……」

榛名は自信なさげに答えた。

「……あ、もしもし、サトウです。確認する物って、プラスチック粘土ですか？　はい……あ、わかりましたー」

会話するふりをし、通話を切る仕草を見せた。

「ほんと、面倒ですよね。俺、最近入ったばかりのＡＤなんで、専用のピッチをもらえてないんですよ。個人のスマホには、ＰＨＳの専用番号を残しちゃいけないから、いちいちダイヤルしないといけない。ほんと、面倒です」

口角を下げ、スマホをしまう。

内部情報を知っている日向に、榛名はすっかり疑いをなくしたようだった。

「そっか。入ってどのくらいだ？」

「二週間です」

「じゃあ、あと一カ月くらいしたら、専用ピッチをもらえるよ」

「一カ月もかかるんですか！　面倒だなあ……」

「まあ、そう言うな。テレビ局はコンプライアンスだの何だのとうるさいからな」

「ほんと、細かいですね。ところで、榛名さん。そのプラスチック粘土って、どこにあるんですか？」

「Bブロックの第三通路にあるよ。一番奥の壁際に突っ込んである。やたらデカいから、邪魔でな」

「第三通路ってどこですか?」

「Bブロックの〝3〟という数字が書いてあるところだ。ADのくせに知らないのか?」

「すみません、新人なもんで。でも、そんなデカい粘土、何に使うんでしょうね」

「さあ。また、鼻息荒いDが妙な物を作ろうとしてんだろうよ。作る側のことも考えろってんだ」

「ほんとですね。ありがとうございます」

日向はカツラがずれないように頭を下げ、Bブロックに走った。フロアに〝3〟と書かれた場所がある。通路は舞台背景に使われる五メートルもの壁板を収めた巨大ワゴンに挟まれていた。通路に入り、ほっと息を吐く。

「奥の壁際だな」

日向は奥へ進んだ。

それは一目でわかった。コンテナほどの白い大きな塊が、パレットに載せられたままぽつねんと置かれていた。

「これか……」

日向は触ってみた。硬いが、押し込むと指の跡が付いた。

感触はプラスチック粘土そのものだ。が、脳裏に爆発物検知器がよぎった。

「石田さん、これを調べようとしていたのか」

眉間に皺が立つ。

もし、この塊がプラスチック爆弾だとすれば、とんでもないことになる。

「まさか……」

日向は息を呑んだ。

塊の角を握り、もぎ取る。テニスボール大の塊が取れた。

プラスチック爆弾は、信管がないと爆発しない。火を点けても、プラスチック片と同じようにただ燃えるだけだ。なので、もぎ取るくらいは造作ない。

しかし、コンテナ大のプラスチック爆弾が爆発すれば、レインボーテレビの社屋ごと吹き飛んでしまうのではないか。扱いやすく、それでいて強力な破壊力を有するのがプラスチック爆弾の特徴だ。

日向は、粘土片を着替えたジーンズのポケットにしまった。

ともかく、これが本当に粘土なのか、それとも爆弾なのかを調べなければならない。

「どこで調べる……」

日向は腕組みをし、唸った。

科捜研に持ち込みたい。が、勝手に潜入した上に、これがただの粘土であれば、協力してくれた者も何らかの処分を受けることになる。爆弾であった場合でも、不法に局内に侵入し、捜査していたとなれば、黒木や仲神たちに逃げる口実を与えることになる。

「なんとか、調べる方法はないものか。研究者、研究者……」

呟いていた時、はたと思い当たった。

「そうだ。あいつに調べさせよう！」

日向はにやりとし、左手のひらに右拳を打った。

6

榛名は、日向の様子を建具の陰から覗き見ていた。

日向がBブロックを出て行く。

榛名は専用PHSを手に取った。番号を表示し、コールする。仲神の番号だった。

「——もしもし、榛名です。さっき、仲神さんの指示でADのサトウという男が、例の物を確認しに来たのですが。はい……やはり、嘘でしたか。サトウは粘土片を取っていきました。調べるつもりかもしれません。どうしますか？　はい……わかりました。泳がせてみます」

榛名は話しながら、日向の背中を目で追った。

第四章

1

東京都立小金井《こがねい》公園は、小金井市、小平《こだいら》市、西東京市、武蔵野《むさしの》市の四市にまたがる、都内でも有数の公園である。

敷地内には千七百本もの様々な桜の樹が植えられていて、桜の名所として名高い。また、季節ごとの樹木や草花が公園の至るところに植えられ、一年を通じて雑木林でバードウォッチングも楽しめる。

園内には広大な芝の広場があり、遊具やスポーツ関連施設も充実している。また、SLの展示や江戸東京たてもの園といった展示場があり、文化的にも楽しめる総合レジャー公園として、都民に親しまれている。

その小金井公園の南縁《なんえん》、五日市《いつかいち》街道沿いに銀色に輝く五階建てのビルがある。

そこが嶺藤亮《みねふじりょう》が勤務する独立行政法人・総合環境力学研究所のオフィスビルだった。

一階から五階まで、すべてのフロアに総環研関連の研究施設が入っている。

日向《ひゅうが》は、プラスチック粘土片を手に入れた三日後、里子《さとこ》から聞いた亮の連絡先に電話を入れ、アポイントを取った。

当初、嶺藤の研究所を訪れようと思った。が、内密に頼む用件だ。しかも、持っている物が爆弾かもしれない。慎重を期して、人目に付きにくく、周りに話も漏れない公園内を選んだ。

日向は人気《ひとけ》のない遊歩道の途中の奥まった場所にあるベンチに腰を下ろした。嶺藤にメールで順路を伝え、待った。

嶺藤とコンタクトを取るのが三日もかかったのは、通常の交番勤務に戻っていたからだ。石田の件に関しては、一応の決着を見た。日向が個人的に調べているだけの話だ。通常業務に穴は空けられない。非番日に嶺藤と接触することにした。

日向は嶺藤を待ちながら、周囲を見回した。人の気配はない。仲神《なかがみ》が気づいているとは思えないが、用心に越したことはない。

小石を踏む音がした。顔を向ける。嶺藤亮だった。端整な顔に白衣が似合う。嶺藤は、白衣のポケットに両手を突っ込み、日向に近づいてきた。

嶺藤は日向に会釈をした。

日向は立ち上がり、笑顔を送った。

「悪かったな。忙しいところを」

「いえ」

素っ気《そけ》ない返事をし、ベンチに腰を下ろした。日向も座る。

「何ですか？」

「ちょっと頼みたいことがあるんだ」

日向はランニングバッグから、粘土片を取り出した。嶺藤に差し出す。

嶺藤は右手を出し、受け取った。

「これは？」

感触を確かめるように握る。

「プラスチック粘土、という名目なんだが、爆弾かもしれない」

日向が言う。

嶺藤の手が止まった。

「爆弾って……」

まじまじと手元を見つめる。

「君に分析を頼みたい。できるかな？」

「できなくはないですが……。なぜ、僕に？」

嶺藤が日向を見やった。

「実は、個人的に調べている案件でね。科警研や科捜研には出せないんだ。それが単なるプラスチック粘土ならいいが、プラスチック爆弾となると話は違ってくる。事が事なだけに先走るわけにはいかない。そこで君に分析してもらい、爆弾とわかれば手を打とうと思ってね」

「それならなおさら、警察で分析した方が――」

「先日殺された石田さんの件なんだ。君も何があったかは、耳に入っているだろう」

日向は声を被せた。

「ええ、まあ……」

嶺藤はうなずいた。

「石田さんの事案は、黒木と佐竹の私怨によるものだと判断されたが、俺にはどうもそうは思えなくてね。そして、いろいろと調べていくうちに、そいつを見つけた」

嶺藤の手元に目を向ける。

「一度終わった案件をひっくり返すには、それ相応の理由がいる。その大きな鍵になるかもしれないものがそいつだ。それがただのプラスチック粘土であれば、いつまでもこの件を追うのはやめようと思っている。だが、爆弾なら、石田さんを殺した真の犯人を捕まえる」

顔を上げて、嶺藤をまっすぐ見つめる。

嶺藤は目を伏せた。前髪が揺れ、睫毛《まつげ》を撫でる。

嶺藤がふっと微笑んだ。

「姉さんの言っていた通りの人だ」

「里子さんが？　何と？」

「猪突猛進《ちょとつもうしん》型。一度思い立ったら止まれないタイプ」

「猪《いのしし》か……。まあ、間違いではないが」

日向は苦笑した。

嶺藤は日向を一瞥した。

「わかりました。引き受けましょう」

「ありがとう！」

日向の顔に満面の笑みが広がる。

「四日かかりますが、いいですか？」

「ちょうどいい。俺は非番だ」

「分析が終わり次第、僕の方から連絡を入れます。先ほどのメールに返信すれば大丈夫ですか？」

「ああ、大丈夫だ」

「では」

嶺藤は粘土片を無造作にポケットに入れて、立ち上がった。

「あ、一つだけ。それは爆弾かもしれないから、扱いは——」

「可塑性《かそせい》爆薬は信管でしか起爆しない」

「よく知っているな。現物を扱ったことでもあるのか？」

「科学者の間では常識です。本物のプラスチック爆弾を手にしたことはありませんが、性質はよく知っていますから、ご心配なく」

嶺藤は言い、戻っていった。

日向は両膝に手を突いた。大きく息を吐く。肩や背中がずしりと沈んだ。

「夜勤明けはさすがにきついな。帰って寝るか」

両手で太腿を打ち、立ち上がった。

木陰に薔薇の刺繍《ししゅう》があるジーンズを穿いた金髪の若い男がいた。その視線は、日向たちがいたベンチに続く遊歩道の入口に向いている。

白衣を着た男が戻ってきた。男はスマートフォンを取り出した。指でタップし、番号を呼び出す。ディスプレイには〝榛名《はるな》〟という名前が表示されている。コールし、耳に当てた。

榛名はすぐに電話に出た。

「もしもし、榛名さんですか？　今、日向と落ち合っていた白衣の若いヤツが一人で出てきましたが、どっちを狙いますか？　はい……はい。わかりました。白衣の男を尾行します」

男は通話を切り、白衣の男の背中を追った。

2

四日後の朝、嶺藤からメールで連絡が来た。結論だけが書かれていた。

日向が睨んだ通り、例の粘土はプラスチック爆弾だった。

日向は返信をした。午後一時、研究所近くの喫茶店で会うことになった。

嶺藤が指定したのは純喫茶だった。店内にはうっすらとイージーリスニングのＢＧＭが流れていた。

短い階段で一階と二階に分かれていて、各階にゆったりと間隔を取り、七席ほどランダムに並べられている。座席は全席、アンティーク調のテーブルと椅子だ。各席のしきりに観葉植物を置き、ちょっとしたプライベート空間を演出していた。

日向は時間通り、店を訪れた。店内に入り、嶺藤を探す。店内に客はまばらだった。一階にはいなかった。二階に上がる。最奥の角席に嶺藤の姿を認めた。

「待たせたな」

「いえ」

嶺藤は先に注文していたコーヒーを口に含んだ。

日向は水を持ってきた女性従業員にコーヒーを頼み、嶺藤の向かいに座った。

「これ、お返しします」

嶺藤は膨らんだ茶封筒を日向の前に差し出した。

受け取り、中を覗く。プラスチック爆弾だった。

「念のため、難燃《なんねん》性のビニールで包んでおきました」

「すまない」

日向はランニングバッグに爆弾をしまった。左脇の椅子にバッグを置く。

まもなく、従業員がコーヒーを運んできた。植物の蔓《つる》のような紋様が入ったカップとソーサーを日向の前に置く。濃厚なほろ苦い香りが鼻先をくすぐった。カップを取り、コーヒーを啜る。まだ、熱い。少しだけ含んで喉に通し、カップを置いた。

「分析は、間違いないか？」

「トリメチレントリニトロアミン、ニトロトルエン、テトリル、ニトロセルロースなどが検出されました。いずれも爆薬の原料です。間違いありません」

嶺藤が断言する。

「間違いないか……」

日向は腕組みをし、眉間に皺を寄せた。

「それともう一つ、気になることが」

「何だ?」

「その手の物には、ニトログリコールやジメチルジニトロブタンなどの爆発物マーカーを意図的に混入させることが国際条約で義務づけられているのですが、マーカーとなる薬品が検出されませんでした」

「どういうことだ?」

「つまり、正規品ではなく密造されたものだということです」

「密造だと!」

思わず、語気が強くなる。

嶺藤が人差し指を鼻先に立てた。

日向はあわてて口を結んだ。周りを見る。客が増えているが、特に日向たちを気にした様子はない。

コーヒーカップを脇に退《の》け、肘を突いて上体を傾けた。

「ちなみに訊くが、プラスチック爆弾は簡単にできるのか?」

小声で訊く。

嶺藤も顔を寄せた。

「薬品の配合などは簡単ではありませんが、材料さえ揃えば、化学の知識がある者なら造れなくもないですね。ただ、それ相応の設備はいると思います」

「君はどう思う？　この爆弾はどこで製造されたものか」

「専門家ではないのでわかりません」

　にべもなく首を振る。

「もう一つちなみにだが、二トントラックの荷台ぐらいの大きさの爆弾だと、どの程度の威力だろうか？」

「プラスチック爆弾の破壊力はＴＮＴの一・五倍程度と言われていますが、プラスチック爆弾は火力で物を破壊するというよりは、内包する圧の瞬時の解放、つまり爆圧でターゲットを破壊します。強力なものは十キロに満たない量で十階建てのビル程度であれば跡形もなく吹き飛ばしてしまいます。二トンもの量なら、高層ビル一棟を破壊できるかもしれませんね。今、日向さんが持っている量でも、この喫茶店なら全壊に近い被害が出ますよ、きっと」

「お台場のレインボーテレビの社屋は？」

「あの程度なら、跡形もなく破砕すると思います」

　嶺藤が言う。

日向の眉間の皺が一層濃くなる。

爆弾であることは判明した。しかも、破壊力はレインボーテレビを一瞬にして吹っ飛ばすほどだという。仲神たちは、そんなものを地下へ持ち込んで、何をしようとしているのか……。

椅子の背にもたれ、押し黙って考えながらコーヒーカップに手を伸ばす。カップの底がソーサーに当たり、小さな音を立てる。

日向は手を止めた。やけに静かだ。

もたれたまま顎を引き、黒目だけを動かし、周りを見る。客はいる。目の届く範囲の三席には二人ずつ座っている。

しかし、その全員が若そうな男性同士だ。さっきまでいた老夫婦や女子学生と思われる若い女の子の気配は消えている。コーヒーを沸かすサイフォンの音やカップを洗う音も聞こえない。

日向は再び、上半身を前に倒した。

「ちなみにちなみにだがな」

「まだ何か？」

嶺藤は小さく息を吐いた。

「君、格闘技経験はあるか？」

「何ですか、唐突に」

「どうなんだ？」

問いかけつつ、観葉植物の隙間から左隣の席を見やる。

男たちが立ち上がっている。日向の方を見ている。足は間違いなく、日向たちの席に向いていた。

「ありませんが」

「スポーツは？　テニスはプロ並みと聞いているが」

「スポーツは一通りこなせます」

「武道は？」

「学生時代、体育で習った程度です。日向さん、何が訊きたいんですか？　僕はあなたと雑談をしに来たわけじゃない。忙しいので」

嶺藤が席を立とうと腰を浮かせた。

その時、空気が揺れた。

日向の目の端に棒端《ぼうばな》が映った。棒端は観葉植物のてっぺんを払い、嶺藤に迫っていた。

「座れ！」

日向は声を張った。

嶺藤は瞬時に腰を落とした。髪の端を棒端が掠《かす》めた。背後の壁にめり込む。金属バットだった。砕けた壁の木片が、ぱらりと嶺藤の頭に落ちた。

「さすが、俺に勝っただけのことはある。いい反応だ」

日向は片頬に笑みを滲ませた。

「何ですか、これは……」

嶺藤は椅子に座ったまま頭上を見やり、口を半開きにした。

「そういうことだ。行くぞ！」

日向はカップを握った。観葉植物の向こうに中身をばらまく。

呻きが聞こえた。バットが揺れる。

日向は素早くバットの先端を握った。相手に向かって押し込む。観葉植物の向こうにいた男は不意に押されてよろめき、後退した。

瞬間、日向は握ったバットを引いた。男の手からグリップが離れた。バットは日向の手元に移った。

「嶺藤、野球は！」

「人並みに！」

「これを使え！」

日向はグリップを嶺藤の前に差し出した。嶺藤はまだ、呆気に取られている。

「早く取れ！　ここから出るぞ！」

日向が怒鳴る。

嶺藤はびくりと双肩を揺らし、我に返った。差し出された金属バットのグリップを握る。

日向は椅子の背をつかんだ。ハンマー投げの要領で観葉植物の向こうにぶん投げた。植木が鉢ごと倒れた。その先に椅子が飛ぶ。二つの悲鳴が上がった。

日向はランニングバッグを取り、倒れた植木を飛び越え、角のスペースから躍り出た。が、すぐに足を止めた。

男たちに囲まれていた。十代から三十代と思われる男たちが、目に映るだけで十名以上いた。鉄パイプにバットにナイフ。男たちの手元は、武器のオンパレードだった。一階から上がってくる複数の足音も耳に届く。

後から飛び出してきた嶺藤も、日向の脇で足を止めた。

「何なんですか、この人たちは」

「おそらく、こいつの関係者だ」

日向はバッグを持ち上げ、右手でポンと叩いた。バッグのベルトを双肩に通し、抱える。

「なんということだ……」

嶺藤は左手で前髪を梳《す》き、額を押さえた。

じりじりと男たちが間を詰めてくる。日向と嶺藤は男たちを見据えたまま靴底を擦《す》らせ、後退する。

「俺が壁をこじ開ける。そこを突破して、一階出口から逃げて、交番へ飛び込め」

「日向さんは？」

「俺は警察官だ！」

右手の椅子の背を握った。持ち上げる。四脚を前に突き出し、人壁の真ん中に走り込んだ。

椅子の脚が真ん中にいた男を弾き飛ばした。男が真後ろに吹っ飛び、背中から落ちる。日向は椅子を右横に振った。男たちが後ろへ飛び退いた。人壁の右に三人分くらいの穴ができた。

「今だ！　ハードルを跳べ！」

日向がしゃがむ。

嶺藤は、後ろで地を蹴った。前傾姿勢で加速し、日向の頭ギリギリを飛び越える。美しさすら感じさせるハードリングで日向の前に出た。

「あとは野球だ！　こいつらの頭、ぶっ飛ばしてかまわない！」

日向は背中に声をかけた。

嶺藤はバットを反対に持ち、グリップの方で立ちはだかる男たちを突き飛ばしながら、階段を下りていった。

「あいつ、戦い方知ってるじゃないか」

日向は微笑んだ。

正面から、バットを握った細身の男が迫った。

日向は男の身体を四脚で挟んだ。そのまま後ろに倒れ、座面に右踵を当てた。ともえ投げで椅子ごと投げ飛ばす。細身の男は宙を舞い、椅子と共に壁に叩きつけられた。

後転して起き上がる。鉄パイプが眼前に迫った。日向は右脇の椅子に座った。パイプが頭上を掠めた。

日向は座ったまま、左足底で男の股間に蹴りを入れた。男は呻き、膝を落とした。

蹴った勢いで椅子ごと後ろに倒れた。再び後転して起き上がる。二人の男が左から襲いかかってきた。

日向は近くの椅子の背の右端をつかんだ。椅子を傾け、右奥の脚を支点にし、ぐるりと回す。回転した座面と脚が、男たちを薙《な》ぎ払った。

左脇から、男が迫ってきた。ナイフだ。椅子を持ち上げ、四脚を男に向ける。切っ先が座面を突き破った。開いた隙間から先端が飛び出してくる。切っ先が眼前に迫る。

日向はとっさに椅子を立てた。男の肘が折れ、軌道が変わる。切っ先は日向の目の前で真上に上がった。日向はそのまま椅子を下げた。

ナイフを持った男が顔をしかめ、膝を折った。椅子の背を突き飛ばす。男は椅子を抱いたまま、後ろへ転がった。

男を避《よ》け、二人の男が左右から迫ってきた。向かって右の男は金属バットを、左の男はナイフを握っている。バットが振り下ろされる。同時に、ナイフが脇腹を狙ってきた。

日向は真後ろに飛んだ。テーブルで背中を受ける。的を失ったバットがナイフ男の右腕に振り下ろされた。

ナイフ男が短い悲鳴を上げた。腕が叩き落とされ、ナイフが手から弾け飛んだ。

バットの男が、日向めがけて水平にバットを振った。

日向はくるりと後転して、テーブルの反対側に降り立った。すぐさま、テーブルの側面を蹴る。テーブルがフロアを滑った。向かってきていたバット男の腹部に、天板がめり込む。カウンター気味に腹部への衝撃を食らった男は、身体をくの字に折り、後方へ飛び転がった。

右側から鉄パイプが迫った。こめかみを狙っている。日向はしゃがみ込んだ。テーブルの下に潜り込む。パイプは空を切った。

テーブルの脚の先に、パイプ男の両脚があった。転がっていたバットをたぐり寄せ、先端で脛《すね》を突く。パイプ男はたまらず膝を折った。腹部が見えた。そこにバットの先端を叩き込む。男は目を剝《む》いて手からパイプを落とし、腹を押さえ、膝を落とした。

男の顔が見える。屈んだ体勢から、男の顔面に足刀《そくとう》蹴りを見舞う。男が後方へ飛んだ。その後ろにいた男も薙ぎ倒す。

その隙にテーブルの下から出る。男が落とした鉄パイプを拾う。

左からナイフが迫る。日向は左手に持っていたバットを思いきり、後方へ振った。バットの側面が男の頰を抉《えぐ》った。衝撃で日向の手からバットが飛んだ。男は横倒しとなった。反対側の頭がテーブルに激突し、テーブルが砕けた。男は頭部から血を流し、フロアに沈んだ。

鉄パイプを振り回す。男たちが一斉に飛び退いた。少し距離ができる。

人数を確認した。まだ十名近く残っている。

「キリがないな……」

嶺藤の状況も気になる。

日向は敵を睥睨《へいげい》しながら、周囲の状況を探った。右手に小柄な男がいる。小柄な男の横は壁で、その後ろに大きなスペースがあり、そこから一階への階段へ直進できる。

再び、男たちが間合いを詰めてくる。日向は再度、鉄パイプをぐるりと振り回した。男たちがもう一度、後退する。

その瞬間、右の小柄な男に向け、走った。男の顔が強ばる。

日向は鉄パイプの端を両手で握った。水平に持ち上げる。男は突かれると思い、顔を防ぎ、背を丸めた。その男の足下に、パイプの逆先端を落とした。

日向の身体が浮き上がった。棒高跳びのようだ。日向は男の頭上を越えた。最高地点で日向は男の横にある壁を蹴った。手を離す。日向の身体が人壁の向こうに舞った。男たちは、曲芸師を見ているように啞然《あぜん》として固まり、日向を目で追った。

日向は着地した。階段の手前まで飛んだ。そのまま駆け下る。

「追え！」

誰かが気づいたように叫ぶ。二階にいた男たちが、一斉に階段に押し寄せる。

日向は不意に立ち止まると同時に、バッグを肩から外した。ベルトを握り、振り回して、先頭の男の脛を払う。男は足をすくわれ、横倒しになった。後ろから来た男が二人、倒れた男に引っかかる。階段にダイブして胸元を打ち、呻く。その後ろから追ってきた男たちも、勢いを止められず、次々と倒れた仲間に引っかかった。

素早く、バッグを肩に通し、一階フロアへ駆け降りた。フロアに降りた瞬間、正面から鉄パイプが襲ってきた。日向は野球のスライディングの要領で滑り、靴底で男の脛を弾いた。男の身体が浮いた。パイプを振った勢いも相まって、宙で横に三回転し、近くの椅子に叩きつけられた。椅子が砕け散る。

立ち上がった日向は、そのままカウンターに飛び込んだ。厨房に洗ったばかりのソーサーが積まれていた。日向はそれをつかみ、男たちに向け、フリスビーのように投げた。皿が男の頭に当たり、砕ける。男は顔を押さえ、のた打つ。別の男は鳩尾《みぞおち》に食らい、呻き声を漏らして膝を突く。皿が砕け散る音と男たちの怒号で、一階フロアが騒然となる。

男二人がカウンターに上がった。

日向は目の端に留まった電気ポットの取っ手をつかんだ。真横に振り、一人の脛を払う。足をすくわれた男は回転し、ショーケースに突っ込んだ。硝子のケースが砕け、四散する。

もう一人が、パイプを振り上げた。

日向はとっさにポットの蓋を開けた。中の湯をぶちまける。

「あちち！」

顔や前半身に熱湯を浴びた男は、カウンターから滑り落ち、シャツを脱ぎ捨て悶絶した。

カウンターの向こうから、男がバットを振ってきた。日向はしゃがんだ。サイフォンが砕け、コーヒー豆の粉末が飛び散る。

日向の目の前にタオルがあった。日向は厨房のシンクに溜まっている洗浄用の水にタオルを浸した。立ち上がりざま、男に向け、濡れタオルを振った。タオルが水しぶきを飛ばしながら、男の顔に巻き付く。

タオルを引き寄せる。男は手でつかまれたように、カウンターに倒れ込んだ。男の額が並べられていたカップに激突し、割れた。男は血を流し、カウンターに伏せた。

日向はコーヒー豆の入った袋を取った。それをタオルの真ん中に置き、両端を片手で握って包む。即席のブラックジャックができあがる。

カウンターの中にナイフを持った男が飛び込んできた。日向は即席ブラックジャックを下から振り上げた。タオルの膨らんだ部分が男の顎を捉えた。

男が宙を舞った。後方に半回転し、厨房の床に落ちる。男は喉を詰まらせ、気絶した。

嶺藤の姿を探す。入口は男たちに固められている。嶺藤の姿はない。

うまく逃げたのか？

そう思った時だった。

太い銃声が轟いた。瞬間、日向も男たちも一斉に動きを止め、まさに水を打ったようにしんとした。

「見事だな、日向太一さん」

左奥、スタッフルームのある方から声が聞こえた。

顔を向ける。薔薇の刺繡が入った帽子を目深に被った男がいる。その男の前には嶺藤がいた。白衣を脱がされ、両手首は背後で拘束されていた。

男の手にはリボルバーがあった。嶺藤のズボンの後ろをつかみ、後頭部に銃口を突きつける。

嶺藤は眉尻を下げ、日向に目で詫びた。日向は小さく顔を横に振った。

男がゆっくりと顔を起こした。日向の双眸が据わる。

レインボーテレビの地下で出会った、榛名だった。

「あんた、猿か山猫みたいだな。ちょこまかちょこまかと。アクションスターになったら、売れるかもしれないな」

軽口を叩いて、大声で笑う。

「彼を離せ」

日向は榛名を見据えた。

榛名の顔から笑みが消える。

「それはできない。一緒に来てもらおう」

榛名は嶺藤の後頭部を銃口で捏《こ》ねた。

一人であればなんとでもできるが、嶺藤が銃を突きつけられている状況では迂闊《うかつ》に動けない。

日向は即席ブラックジャックを捨て、カウンターを飛び越えた。男たちが後退し、身構える。

「何もしないよ」

日向は両手を挙げた。

すぐさま、後ろから頭頂部を鉄パイプで殴られた。日向はたまらず両膝を落とした。頭皮が割れ、血筋が額から顎先へと伝う。

「まだ、殺すんじゃない」

榛名が日向の後ろにいる男を睨む。

日向は両腕を背後にねじられ、結束バンドで両手首を拘束された。ベルトを握られ、立たされる。

「警官みたいな拘束の仕方をするんだな」

榛名に言う。

「刑事ドラマとか作っているからな、俺たちは。警官が犯人を拘束する方法が最も有効なことぐらいは知っている。指に捕縄《ほじょう》を巻かれないだけ、ありがたく思え」

榛名は片頰に笑みを滲ませた。

「俺たちを連れて行くのはいいが、これだけの騒ぎを起こせば、警察が動くぞ」

日向が言う。

榛名は余裕の笑みを浮かべた。

「心配するな。俺たちは造形のプロだ。そこいらの大工より、よっぽど腕がいいぞ。おまえら！　撤収の準備をしろ！」

声を張って命令する。

男たちは武器を下ろし、壊れたテーブルやソーサーの欠片などを片づけ始めた。

スタッフルームから壮年の店主と女性従業員が男に連れてこられた。店主も従業員も蒼白になっていた。榛名は二人を見やった。

「悪かったな。店はきれいにして返す。だから、俺たちのことは絶対に漏らすな。もし、一ミリでも噂が漏れた時は――」

榛名は二人を交互に見据えた。

「粛清《しゅくせい》する」

語気に殺気が滲む。

店主と女性従業員はさらに蒼ざめ、身を硬くした。

「俺は二人を連行する。あとの処理は任せる」

榛名は脇にいた男に言った。男がうなずく。

日向と嶺藤は、榛名たちに従うしかなかった。

3

日向たちは店内でアイマスクをされたまま、車に押し込まれ、どこかへ運ばれた。

日向は見えない中でも、五感を奮い立たせていた。

車に乗っていた時間は、体感で二時間程度。通常の人間は暗闇に置かれると、時間の流れを速く感じる。見えない分の誤差を差し引くと、一時間半くらいと見るのが妥当だ。

車窓は閉じていた。車の中にはペンキや木くずのニオイがほんのりと漂う。作業車だろう。

車が速度を落とし、一度停まる。運転席側のウインドウが開く。かすかだが潮の香りがする。まもなくウインドウが閉まり、車が動きだす。シートに背を押され、上半身が前傾する。フロントが下がっている証拠だ。

車は左回りでゆっくりと降下し、停まる。少しして、徐行しながら何かに入る。モーター音がした。一瞬、尻が浮く。車全体が下降している。モーター音が止まり、車体が少し跳ねた。

車はバックで動き、停まった。前部のドアの開閉音を耳にした。重く響き、余韻が長い。広い空間だった。

なるほど……。

日向は心の中でほくそ笑んだ。

小金井公園からの距離、車内や一瞬の潮のニオイ、体感した車の動き、余韻を持って響く開閉音――。

レインボーテレビの地下三階の大道具美術室と思われる。

サイドのドアが開いた。

「降りろ」

運転席後部にいた日向は、右肩を引っ張られた。

降ろされるとまた、靴音が響く。木材のニオイ、ペンキや接着剤のニオイ、空調の音。やはり、地下フロアに間違いない、と日向は踏んだ。

日向はズボンの後ろをつかまれ、歩かされた。歩数で距離を測る。いきなり、引き止められる。二百メートルほど歩いた場所だった。

「座れ」

榛名の声が聞こえた。

襟首を引っ張られ、無理やり座らされる。地べただった。左側面に重みと温もりを感じた。呼吸音のする方に顔を寄せる。

「嶺藤、大丈夫か？」

日向は小声で訊いた。

「はい」

嶺藤も小声で答える。

嶺藤の無事を確認し、少しだけ胸を撫で下ろす。

ドアの開く音がした。奥の方から。重い金属製の扉だ。日向はフロア内の様子を思い出す。ドアは非常口一箇所にしかなかった。

非常口から出入りできるのは、社内ＩＤカードを持った者だ。複数の足音が聞こえてくる。ラバーがフロアを擦る音もするが、革靴の音も響く。
一、二、三……。

数を数える。日向たちの正面から、四人の男が歩いてきている。二人が革靴、二人がラバーだ。踏みしめる足の音は、どれも軽くもなく重くもない。身長百七十センチ前後の者たちだ。軽い音やヒールの音がない。女はいないと見ていい。

足音が日向たちの間近で止まった。

「他の者は?」

正面やや左から声が聞こえた。低いが、よく通る声だ。耳にしたことはないが、上からの物言いから、榛名より立場が上と推測できる。

「現場の撤収作業をしています。あと三十分ほどで戻ってくると思いますが」

「それならいい。口は割らせたのか?」

「いえ。現場に長居するのはうまくないと思いましたので」

「そうか」

男が黙る。足音が二回響く。ふっと体温を感じる。

「東京臨海中央署地域課巡査部長、日向太一」

男の声が顔の前で聞こえた。男は屈み、自分の顔を見据えていると判断した。

「まさか、おまえのような一介のおまわりに掻き回されるとは思いもしなかった」

男は落ち着いた口調で語るが、ほんのりと怒気が滲んでいた。

間違いなさそうだな。日向は口を開いた。

「悔しいか、仲神一郎」

声の方に顔を向け、片頬に笑みを滲ませた。

男が息を呑んだのがわかった。

「どうした？　おまえのことは調べ上げている。黒木や佐竹に罪を被せようとしても無駄だぞ」

カマを掛ける。が、男は黙ったままだ。

日向はさらに挑発した。

「仲神。おまえ、二トン近くものプラスチック爆弾を仕入れて、何をしようとしている？石田さんを殺したのも、それがバレては困るからだろう？」

ぞんざいな口ぶりで話す。

顔の前から、ふっと男の呼吸が消えた。揺れた空気にほんのり背広のニオイを感じる。立ち上がったようだ。

「……ただのネズミかと思ったが、そうでもないようだな」

男が言う。

やや間があって、アイマスクを外された。光が目に飛び込み、双眸を細める。白んだ視界が戻ってくる。

日向は目の前に立つベージュのサマースーツを着た男を見上げた。逆三角形の神経質そうな顔、左眼に被る長い前髪、薄い唇……。レインボーテレビ美術制作部部長の仲神一郎に間違いない。スーツの胸元には小さな金色の薔薇の刺繍があった。

場所は日向の予想通り、レインボーテレビの地下三階フロアだった。日向は周りを確かめるように顔を振り、敵を確認した。

作業場には誰もいない。大道具を置いてあるスペースにも人の気配はない。現時点でこのフロアにいる敵は、仲神と榛名を含め、六人だけだった。

仲神の隣のスーツ男は、胸にＩＤカードをぶら下げていた。坂入《さかいり》という名字が見える。仲神と坂入はレインボーテレビの社員ということだ。

「警官はボンクラばかりだと思っていたが」

仲神は日向を睨み据えた。

「犯罪者の分際で、警察を舐《な》めてもらっては困る」

日向は仲神を焚《た》きつけた。

一瞬、仲神の目尻がかすかに引きつった。容貌から冷静な男に映るが、その実、感情的な男のようだ。

「おい、仲神。爆弾を持ったからといって、万能になったと思うなよ」

さらに、けしかける。

その様子を見ていた嶺藤が身体を寄せた。

「日向さん！」

小声で諌《いさ》める。

だが、日向はやめない。

榛名はあと三十分ほどで、仲間が戻ってくると言った。人数が多くなればなるほど、ここからの脱出は困難となる。チャンスは今だと、日向の勘が囁《ささや》く。

日向は仲神や榛名を睥睨した。

その時ふと、あることに気づいた。

榛名の帽子にも、仲神のスーツにも薔薇の刺繍がある。逮捕した黒木は左上腕に、佐竹は右脛に薔薇のタトゥーを入れていた。飯山美術のロゴも薔薇だ。

石田殺害の事案に関わる者はみな、何らかの形で薔薇の紋様を身に纏《まと》っている。

他の敵も見てみる。榛名に同行した男はジーンズの後ろポケットに薔薇の刺繍があった。

仲神の隣にいるスーツの男も、襟元に薔薇のラペルピンを刺している。両脇のラフな格好をした男二人の着衣に薔薇の紋様は見当たらないが、黒木や佐竹のように入れ墨をしているか、薔薇の小物を持っている可能性はある。

日向はにやりとした。

「仲神。どうして俺がおまえらの悪巧みに気づいたか、知りたいか？」

「言ってみろ」

「石田さんの殺害に関わった者はみな、薔薇の紋様を身に纏っている」

日向は仲神を見据えた。

仲神の黒目が揺れた。

「何のお遊びかは知らんが、そんなマンガみたいな目印を使っていれば、警察官なら誰でも気づく。俺たちがどれだけの犯罪者を相手にしていると思っているんだ？　あ、そうそう。おまえらみたいな連中を捕まえたこともあるよ。黒の窃盗団とか言ったかな？　ガキどもが集まって、海賊旗みたいな入れ墨をして、警察上等などと吹聴《ふいちょう》して、好き勝手に暴れた。そいつら、どうなったと思う？　家電量販店に突っ込んだところで半分くらい怪我してしまってな。あっさり、捕まった。泣きながら謝っていたヤツもいるよ。愚行にも程がある。おまえら、そいつらと変わらないな」

日向は思いつく限りの言葉を並べ、嘲笑《ちょうしょう》した。

仲神の前髪が揺れた。左眼が覗く。

瞬間、日向の懐に爪先が飛び込んだ。

「ぐうっ！」

日向はたまらず腰を折った。

再び、爪先がめり込んだ。目を剝き、血混じりの胃液を吐き出す。

「日向さん！」

嶺藤がすり寄ろうとする。が、後ろから榛名に髪をつかまれ、引きずり離された。

日向は嶺藤の様子を見た。乱暴に扱われてはいるが、まだ手を出す素振りはない。日向は顔を起こし、仲神を睨《ね》め上げた。笑みを浮かべる。

「犯罪者はいつもこうだな。都合が悪くなると、暴行に頼る。能がなさ過ぎる。やっぱり、黒の窃盗団と変わらないな」

日向の口は止まらない。

仲神の顎骨が動く。奥歯を嚙んでいる証拠だ。

「この次はあれだな。俺を相手にしてもしょうがないんで、あいつを暴行して、俺を屈服させようとする」

嶺藤を一瞥する。

「おまえたちの考えそうなことなど、手に取るようにわかる。おまえたちは他とは違うと思っているかもしれないが、多くの犯罪者を見てきた俺の目には、何ら変わらない。いや、その中でもレベルの低い部類だな。もっと賢い犯罪者は世の中にごまんといる」

「てめえ！」

仲神の脇にいた坂入が怒鳴った。日向につかみかかろうとする。

仲神が右腕で制した。乱れたスーツを整え、日向を見下ろす。怒気に満ちていた双眸が静けさを取り戻していた。

「君の言う通りだ。少々、やり方が俗物的《ぞくぶつ》になり過ぎた。おかげで本分を思い出した。礼を言うよ」

仲神は隣の坂入を見た。

「彼らをあちらへ」

右手で指し示す。大きな作業台の隣に設けられた、パーテーションで仕切られた小スペースを指していた。

仲神が歩きだす。日向と嶺藤も立たされ、歩かされる。

パーテーションの裏にはソファーとテーブルが設《しつら》えられていた。空《から》のペットボトルや缶、食べかけのスナック菓子の袋が散在している。日向のランニングバッグも無造作に置かれていた。

「そちらへ」

仲神が奥のソファーを指す。

日向たちは奥へ連れ込まれた。

「拘束を解いてやれ」

「仲神さん！」

榛名が詰め寄る。

仲神は榛名をひと睨みした。榛名は目を引きつらせた。仕方なく、日向たちの後ろにいる仲間に向け、顎を振る。

仲神の仲間が日向と嶺藤の結束バンドをカッターで切った。両腕が自由になった。日向は手首を握って擦り、回した。嶺藤も同じ仕草をする。滞っていた血流が戻ってきて、指先がむず痒《がゆ》い。

日向は右脚を動かした。

「おっと、座ってくれ」

仲神が懐に手を入れた。スーツの下に銃把《じゅうは》が覗く。

仲神は自動拳銃を取り出し、右隣に立っていた坂入に渡した。坂入はスライドを引き、日向に銃口を向けた。左隣に立っていた榛名もリボルバーを握り、嶺藤を狙う。

「こういう手も俗っぽいから使いたくはないんだが、君たちに騒がれても困る。この程度は許容してもらいたい。どうぞ」

仲神が促す。

日向と嶺藤はソファーに浅く腰かけた。

「もう一つ、俗っぽい発言だが。今、銃を手にしている者たちは、射撃訓練をしている。君たちが妙な動きをすれば、躊躇《ちゅうちょ》なく頭部を撃ち抜く。だから、おとなしくしていてもらいたい」

仲神は向かいのソファーに深くもたれて脚を組み、指を組んだ手を太腿に置いた。嶺藤に目を向ける。

「そちらは総合環境力学研究所の嶺藤亮先生ですね。今は流体力学の研究をされている聡《そう》明《めい》な先生だ。シングルマザーのお姉さんは学芸員をしていらっしゃる。実に優秀な家系でうらやましい」

仲神が言う。

嶺藤は目を据えた。

身内まで調べているという脅しだ。嶺藤の身辺を調べているということは、当然、日向の身辺も調べられている。日向も奥歯を嚙み、仲神を見据えた。

「さて、嶺藤先生。あなたは今の我が国をどう思われますか？」

「と言いますと？」

嶺藤は静かに返した。

「研究をしておられるならおわかりになっていただけると思いますが、今、富を得ている者たち、権力を掌握している者たちは、自分たちの目先の利益に固執し、大衆を物のように使い捨てている。あなた方研究者に対してもそうだ。研究にはそれなりの投資が必要だが、権力者たちはあなた方を安く買い叩き、奴隷のように働かせ、しかも短期間で実績を出せと迫る。海外へ研究者が逃げていく現状を理解できるのではありませんか？」

「それはわかります」

嶺藤が言う。

仲神は微笑んでうなずき、日向に目を向けた。

「日向さん。あなたも感じているはずだ。昨今の犯罪はどうですか？　一見、短絡的な犯罪に見えるものも、実際はあらゆる格差の中から生まれている。相対的貧困、肩書格差、労働者は隷属《れいぞく》関係に支配され、社会ではルールやモラルという絶対的正義を突きつけられ、そこからはみ出した者はひっそり暮らすことを強いられる。犯罪者でもないのに、社会の檻《おり》に拘束される。そうした不遇を強いられた者たちが怒りを内在させるのは、当然ではありませんか？」

「犯罪は犯罪だ。理屈じゃない」

「あなたも頭が固い人ですね」

仲神は微笑み、スーツの内側に手を入れた。

日向の全身に緊張が走る。

「落ち着いて」

仲神はタバコを出した。一本咥《くわ》え、薔薇の模様を施したジッポで火を点ける。ゆっくりと吸い込む。先端が赤く光る。

仲神は天井に向けて、煙を吐き出した。やおら、日向に視線を戻す。

「たとえば、これです」

指に挟んだタバコを揺らす。

「あなたはこれを公道で吸っていたからといって、逮捕できますか？」

「いや……」

「そうです。法律で禁じられているわけではありません。条例は制定されていますが、罰則は過料《かりょう》です。前科が付くわけではない。しかし、どうですか？　喫煙者は世界中で忌み嫌われている。もはや、犯罪者扱いだ。国が、法律が認めている嗜好品《しこうひん》なのに、殺人者のごとく罵声《ばせい》を浴びせられる」

　仲神はタバコを灰皿で揉み消した。

「それが国民の総意ならば、タバコを法律で禁止すればいい。あなた方が逮捕できるようにすればいい。しかし、国はそうしない。税収の関係もあってね。一方で許可しておきながら、もう一方で人民を焚きつけ、ルールやモラルといった規範で異端分子を縛り付けようとする。この現状をどう思われますか？」

　日向を見やる。

「屁理屈だ」

「そう。屁理屈です。そもそも法律が屁理屈です。だが、今や法律のみならず、社会規範という屁理屈が人々を縛り、すべてに従う者こそ正義とされている。あなた方はそうした社会に何の疑問も持たれないのですか？」

「言っていることは理解します」

　嶺藤が答えた。

　仲神は嶺藤に笑みを向けた。

「僕も閉塞感は拭えない。しかし、それとあなた方が爆弾を所持するということは別物だ」

「別ではないのですよ」

仲神は脚を組み替えた。

「私は長い間、マスコミの中で生きてきた。あらゆる角度から時代の変遷を見てきた。過去に何度か、同じような閉塞感に陥ったことがあった。いつ頃だか、わかりますか、嶺藤先生？」

「戦前ですね」

「さすがです。そう、開戦前です。一部権力が法律のみならず、規範や道徳という見えない空気で大衆に閉塞状況を強いる。耳触りがよく正しいこととして喧伝《けんでん》されるので、大衆は従うことが善と思い込む。思考を停止させられていることに気づかない。物が言えない空気を作り、大衆を隷属させていく傍らで、異分子を炙《あぶ》り出し、処分する。残った大衆は、もはや権力の言いなりとなり、意のままに動く奴隷と化す。今、権力が進めているのは、大衆の奴隷化に他ならないということは、歴史が証明しています。そこで、我々有志が立ち上がったのです。我々の目的はただ一つ」

仲神は脚を解いて両腿に肘を置き、前のめりになった。

「奴隷解放」

嶺藤と日向を双眸で射貫《いぬ》く。

日向は仲神を一瞥し、銃を握っている二人の様子を盗み見た。

榛名も坂入も目を潤ませ、上気していた。

「目に見えないルールにまで縛られてしまった人々を解放するには、そのルールを生み出すシステムを破壊するしかない。そして、ルールを新たに構築するしかない。あのプラスチック爆弾は、そのための武器だ。私たちもできれば穏便に戦いたいが、そうして声を上げなかった結果が現状だ。我々はもう一刻の猶予もないと判断した。だから、武器を揃えた」

弁舌が熱を増す。仲神の頬も紅潮していた。

エレベーターの開く音がした。一台、また一台と車が入ってくる。ドアの開閉音が響き、複数の足音と話し声が聞こえてきた。

間に合わなかったか……。

日向は胸の内で舌打ちした。

仲神は車の音に気づき、ひと息入れた。再びソファーに反《そ》っくり返り、脚を組む。

「そこで提案したい。嶺藤先生、日向さん。我々の同志になりませんか？」

唐突に切り出す。

日向は眉根を寄せ、不快感をあらわにした。

「俺に犯罪者になれと？」

仲神を睨む。

仲神はため息をついて、首を横に振った。

「私の話を聞いていましたか？　我々が行なっているのは犯罪じゃない。革命だ」

仲神がまた、目の奥に苛立ちを滲ませる。

「ふざけるな。一人の人間が死んでいるんだぞ」

「革命に犠牲は付きものです。私も石田さんはよく知っていた。少々俗物だが、真面目でいい人でした。彼には申し訳ないと思うが、我々の革命のために命を捧げていただいた。革命を達成した暁には、手厚く供養するつもりですよ」

「ふざけるな！」

日向はテーブルを叩いた。坂入がトリガーガードに掛けていた人差し指を動かす。仲神が右手を挙げて制する。

「どんな高尚な理念があろうと、人を殺していいという道理はない！　一つの命を大事にできない者に革命など起こせるはずがないだろう！　目を覚ませ、おまえら！」

フロア中に日向の怒声が響き渡った。

複数の足音が駆けてくる。榛名が首を傾け、外を見た。

わずか一、二秒のことだった。

日向はテーブルを蹴り上げた。固定脚のテーブルは宙を舞い、仲神に襲いかかった。仲神はテーブルを抱き、ソファーごと倒れた。弾かれたテーブルが、パーテーションも薙ぎ倒す。

坂入の銃が火を噴いた。日向は蹴った勢いで上半身を沈めた。頭上を過ぎた弾丸がソファーの背にめり込む。飛び退いた嶺藤はソファーの脇に転がった。

銃口がなおも日向を狙う。嶺藤は転がった缶を握り、坂入に投げつけた。坂入が一瞬怯み、腕が上がる。

日向は膝を顔に引き寄せた。両脚を勢いよく振り上げる。その反動で立ち上がった。日向は、坂入の右腕を左脇で挟んだ。銃口を榛名に向ける。勢い、坂入の指が引き金を引いた。

榛名は右腕に被弾した。短い悲鳴を上げ、銃を落とす。

日向は右手で坂入の右手首を握り、左肘を振った。肘が坂入の顎を捉えた。坂入の上体が跳ね上がった。

三度、銃声が轟く。無軌道に発射された弾丸が壁を抉る。

坂入の顔が反動で下がる。日向はもう一度、肘を叩き込んだ。肘が坂入の鼻下を砕いた。

歯が折れ、鮮血がしぶく。

日向は坂入の右腕に左脇を掛けたまま、ジャンプした。着地する時に全体重が坂入の右腕にかかる。たまらず坂入の上体が沈む。日向は背中から落ちた。

坂入の右腕が鈍い音を立てた。呻きが漏れる。手から銃がこぼれる。日向は坂入の銃を拾った。寝転んだまま、天井に向け、乱射する。

男たちの群れは銃声におののき、頭を抱え、腰を落とした。

日向は、坂入のＩＤカードを引っ剝《ぺ》がした。ランニングバッグも拾う。

「日向さん！」

嶺藤が声を張った。

振り向く。嶺藤は消化器を持ち上げた。日向はうなずいた。

「やれ！」

怒鳴る。

嶺藤はホースを取って、レバーを握った。消火剤が飛び出した。あたりはたちまち、視界のない白い空間となった。

「行くぞ！」

日向が声を上げる。

日向と嶺藤は、休憩スペースを飛び出した。

4
「逃がすな！」

仲神の声が轟いた。

男たちは怒号を上げ、日向たちに迫る。

日向は嶺藤を先導し、非常口へ走った。嶺藤もついてくる。男たちと距離が開く。

ドア前で立ち止まる。ＩＤカードをかざすとロックが外れた。

日向はランニングバッグとＩＤカードを嶺藤に渡した。

「行け！」

「日向さんも！」

「一人で行け。俺はこいつらを逃がすわけにはいかない。二人とも目を離せば、その隙にこいつらは逃げてしまう。ここにプラスチック爆弾の塊もある。運び出させるわけにもいかない」

「だったら、僕も——」

「おまえは一般人だ！」

日向は怒鳴った。嶺藤の身が震える。

「巻き込んで悪かった。が、もう少し手伝ってくれ」

「何を？」

「バッグの中に俺のスマホが入っている。堤《つつみ》という名前があるから、そこへ連絡を入れてくれ。刑組課の堤課長だ。状況を報せて応援を寄こしてくれ」

「上の警備員に――」

「ダメだ。誰が仲間かわからない。堤課長に連絡を入れたら、Ｅ５ゲートを見張っていてくれ。万が一、俺が取り逃がすこともあり得る。その時は逃走車のナンバーを控えて、堤課長に報告しろ」

「しかし……」

嶺藤が逡巡《しゅんじゅん》する。

男たちの群れが迫っていた。

「俺は何とかなる」

ドアを開ける。

「行け！」

嶺藤を突き飛ばした。

嶺藤がよろけて、ドアの向こうに出る。ドアを閉めた日向は、銃把でカードリーダーを砕いた。

「これで、よしと」

日向は群れなす男たちに銃口を向けた。

男たちが足を止め、顔の前に腕をかざす。日向はその隙に、美術セットのパネルの後ろに飛び込んだ。

銃はとっくに弾切れだった。が、はったりには使える。銃をベルトに差し、パネルによじ登る。

「あそこだ！」

男の声が響いた。

日向はパネルのてっぺんから、積み上げられたプラケースに飛び移った。かすかな出っ張りに指と爪先を掛け、上っていく。最頂部まで上り、もう一つ横のプラケースに飛び移る。ケースの山が揺れる。

「おっと」

腕を回して、バランスを取る。プラケースの揺れが止まった。

男たちも追ってくるが、身軽な者はいない。パネルの途中で滑り落ちたり、プラケースが崩れ、落下したり。上を見上げ、フロアを駆けずり、日向を追ってくるだけだった。

日向はフロアを見下ろした。視界はいい。

エレベーターまでは、目算で三百メートルほどだ。ちょうど真ん中あたりに作業場がある。作業場を挟んで、エレベーター側にはフォークリフトが多く、今、日向がいる場所は物置状態となっている。

作業場までは、プラケースを飛び移っていけばいい。が、そこから先はフロアに降りる必要がある。

非常口のドアは壊した。ここからの出入りはできない。出入りする場所はエレベーターのみ。応援が来るまで、犯人グループの連中を、特に仲神は逃がさないようにしなければならない。

臨海中央署からここまでは、五分とかからない。状況にもよるが、十五分程度抑えれば、仲神以下、グループ全員を拘束できる。

上から頭数を数える。十八人いた。喫茶店と同じく、それぞれ手に武器を持っている。飛び道具は持っていない。とりあえず、警戒すべきは、榛名の手からこぼれた銃だけのようだ。

エレベーター前で十八人と対峙するのはうまくない。少しでも数を減らしたい。周りを見回していた日向は、小道具を置いてあるスペースに目を留めた。武器として使えそうな物がひしめいている。作業場の隣にあるスペースだ。

「あそこで調達するか」

日向が次のプラケースに飛び移った時だった。

突然、間近でエンジン音が聞こえた。

真下を見る。フォークリフトが起動していた。つめはパレットに刺されたままだ。つめが動き始めた。

日向は次へ飛び移ろうとした。が、まもなくプラケースが大きく揺らいだ。

「ちくしょう！」

目に三角板の束が映った。美術セットのパネルの裏を支える板だ。高さ五メートルほどの大きな板だった。

日向はケースの揺れに合わせ、三角板の束に飛び移った。斜めにカットされた板の先端は尖っている。日向は爪先だけ板の束に引っかけ、両手は壁に付けた。

まもなく、プラケースが崩れた。横倒しになったプラケースが、他のプラケースの山を薙ぎ倒していく。ビルの倒壊さながらだ。フロアには埃が舞い、けたたましい音が反響した。

日向は三角板の側面を両手で挟み、体幹の中心を動かさず、板の束でできた急斜面を下っていった。

フロアから二メートルほど上部で止まる。男が鉄パイプを振り上げ、狙っている。

日向は足裏を板の束にべたりと付けた。手を離し、板の束を蹴ると同時に、背面で飛んだ。男がパイプを振るが、その上を日向の身体が舞う。

日向は後方伸身宙《しんしん》返りで着地した。そのまま後ろに転がる。後ろ受け身の要領で立ち上がる。男たちの群れと距離ができていた。

フロアに散乱する資材の中からビスをつかみ、男たちに投げつける。散弾のように飛んでいったビスが男たちの顔や腕、脚に当たる。何人かが顔を押さえて、立ち止まる。

その隙に反対側の大道具スペースに駆け込んだ。Bブロックの第三通路。プラスチック爆弾の塊がある場所だ。

瞬間、双眸を見開いた。

「ない……」

プラスチック爆弾の塊があったところに空間ができていた。

日向は振り返った。幅三メートルほどの通路に数名の男が入ってきた。周りを見る。めぼしいものはない。両サイドには、舞台の背景に使う壁板が収納された、巨大なワゴンがあった。檻のようにたくさんの支柱が縦に延びている。握るには太いが、丈夫そうだ。

男たちに向かって走った。男たちは一瞬怯んだが、そのまま日向に突っ込んでくる。男たちが一メートルの距離に迫った瞬間、日向は斜めに飛んだ。ワゴンの支柱を蹴り、斜め上に跳ねる。反対側の支柱を左足で蹴る。さらに日向の身体が舞い上がる。

男たちは足を止めて頭上を見上げた。日向はジグザグに飛んで、男たちの頭上を飛び越えた。

そのまま通路から出ようとする。潜んでいた男がバットを振った。

日向は膝を折り、リンボーダンスのように仰け反った。鼻先をバットが掠める。バットは思いきり、ワゴンの支柱を打った。金属音がフロアに反響する。バットを振った男は手が痺《しび》れ、たまらずグリップを離した。

日向はそのまま滑り、立ち上がった。小道具スペースに一目散に駆け込む。男たちの怒号が迫ってくる。

素早く目を配る。模造刀があった。日向は模造刀に手を伸ばす。その腕を狙って鉄パイプが振り下ろされた。あわてて腕を引っ込める。よろめいて、反対側のスチール棚に背中がぶつかる。何かがガシャガシャと音を立てて倒れた。

それを手に取る。塗装用のスプレーだった。

男が再び、鉄パイプを振り上げる。瞬間、顔に向け、スプレーを噴射した。

「ううっ！」

男はたまらず、目を閉じた。

顔はオレンジ色に染まっていた。パイプを投げ捨て、顔を擦る。

その隙に模造刀を握る。竹光《たけみつ》ではなかった。重い。刃を引き抜いた日向は、柄《つか》を握った。峰に返す。

「すまんな」

日向は襟足《えりあし》に峰を振り下ろした。

男は短く呻いた。そのまま前のめりに沈む。

日向は放置されたビニール袋を取った。それをベルトに結びつけ、スプレー缶を三本入れた。

ナイフを持った男が通路を覗いた。日向を認め、駆け寄ってくる。

日向は真後ろにあったぬいぐるみに切っ先を突き刺した。刀を振って、ぬいぐるみを投げる。男が怯んで頭を抱える。

日向はスプレー缶を左手で握った。男に駆け寄る。日向の影に気づいて、男が顔を上げた。

そこにスプレーを噴きかけた。今度は顔がピンク色に染まった。顔を擦る男の首筋に峰を打ち込む。男は両膝を落とし、突っ伏した。

狭い通路を出た。三人の男が鉄パイプとバットを振り上げ、迫っていた。日向は模造刀を両手で握り、正眼《せいがん》に構えた。切っ先が男たちに向く。男たちは怯んで足を止めた。

向かって右の男がバットを振り上げたままだった。懐が空いている。素早く踏み込み、水平に振った。男の鳩尾を峰が抉った。男は双眸を剝いてバットを落とし、頽《くずお》れた。

左から鉄パイプが飛んできた。日向は模造刀を身体の左面に立てた。金属音が弾ける。手を返し、鉄パイプの側面に滑らせ、喉元に峰を入れる。男が息を詰まらせた。喉を押さえ、のた打つ。

もう一人の男が鉄パイプを振り下ろした。日向は模造刀を水平に掲げ、パイプを受けた。素早く、右足を踏み込む。と同時に、柄を握った右手を弛める。模造刀に支えられていた鉄パイプが真下に落ちる。男はその勢いでバランスを崩し、つんのめった。日向は宙で刀をくるりと回し、男の背中に峰を叩き込んだ。

男は顔からフロアに叩きつけられた。歯が折れ、血糊が飛散した。

日向は倒れた男たちの目にスプレーを噴き付けた。目を潰しておけば、襲いかかってくることはない。

右からナイフの男が迫った。伸びた腕に峰を振り下ろす。男の右上腕を抉る。男はたまらずナイフを落として呻いた。スプレーで目を潰す。のた打つ男の背を峰で打つ。

左眼の端に、鉄パイプの男が映った。多少、距離がある。足下を見た。ペンキの缶が転がっている。日向は切っ先を取っ手に掛けた。男の方を向き、ゴルフクラブを振る要領で振り上げる。

ペンキ缶が男の顔面に当たった。鼻腔《びこう》から血を噴き上げ、仰向《あおむ》けに倒れる。日向は男に駆け寄ろうとした。

その時、明かりが落ちた。フロアが一瞬にして闇に包まれる。

日向はしゃがんだ。左にカニ歩きする。板に手が触れた。通路の出口に置いてあったものだ。日向は板を頼りに、通路に身を隠した。

非常階段の誘導灯も消えている。空調のモーターの音も止まった。しんとなったフロアに、呻き声が響く。

「まいったな……」

気配を探る。

男たちの息づかいは感じる。が、誰もが足を止めたようで、足音はない。

物陰からフロアの様子を見やる。と、作業場あたりで明かりが灯った。懐中電灯の明かりだ。

「仲神さん、急いで！」

榛名の声が聞こえた。

足音が響いた。ラバーの音一つ、革靴の音二つ。榛名と坂入、仲神の足音だろう。

明かりはエレベーターの方に射していた。

「逃げる気か」

日向は模造刀を置き、立ち上がった。明かりの方を見据え、少しずつ歩を進める。

途中で、すうっと息を吸い込んだ。

「仲神！」

声がフロアに響き渡る。

明かりが止まった。

「敵前逃亡か！」

声を張り上げる。

「何が革命だ！　敵を前にして逃げる男に革命などできるか！」

「仲神さん！」

榛名の声が聞こえた。明かりが揺らぐ。

予想通り、仲神は感情を昂《たか》ぶらせているようだ。日向は口元に笑みを滲ませ、明かりににじり寄りつつ、さらに煽った。

「こっちはたった一人だ！　一人の敵も倒せないヤツに権力を倒せるわけがないだろう！　臆病者！　小心者！」

怒鳴り、笑い声を立てる。

銃声が轟いた。

「うっ！」

右横で呻きが聞こえた。うっすらと利《き》いてきた夜目《よめ》が、倒れる人影を捉えた。

日向は足を止めた。

「どうした！　俺はまだ生きてるぞ！」

再び、銃声が轟く。懐中電灯の明かり付近で、マズルフラッシュが弾ける。一瞬の閃光が、榛名と坂入、仲神の姿を照らし出す。

銃弾は日向の遥か手前で壁にめり込んだ。

「また、的外《まとはず》れだ！　おまえたちの組織みたいだな！　的外れな暴走ばかり！　そこいらのガキと変わらないな！」

もう一度、笑い声を立てる。

「日向！」

仲神の声が響いた。

立て続けに銃声が響く。日向は地面に伏せた。二人の悲鳴が聞こえた。被弾したようだ。

三回ほど銃が唸り、収まった。カチッ、カチッと空の薬莢《やっきょう》を打つ撃鉄《げきてつ》の音がする。榛名が握っていたのはリボルバーだ。喫茶店で一発撃っている。銃弾は六発。弾切れだ。

「くそう！」

仲神が歯噛みする声が聞こえ、銃をフロアに叩きつけた音が響いた。

日向は立ち上がった。

「あらゆる角度から時代を見てきただと！　笑わせるな！　おまえは自分すら見えていない夢想家だ、仲神！」

雑言《ぞうごん》を叫び続ける。

一方で、応援の到着を待っていた。

5

「遅い……」

嶺藤は苛立ち、何度も何度もスマートフォンの時刻を見た。

堤には連絡を入れた。E5ゲートが見える通りの角で堤と応援を待っている。が、もう二十分も経つのに、堤と応援隊は現われない。

「何をしているんだ！」

スマートフォンに向け、苛立ちを吐く。

地下の様子がわからない。敵は二十人くらいいた。いくら、運動神経のいい日向とはいえ、閉鎖された空間で全員を倒すのは難しい。

臨海中央署に駆け込みたいが、日向の言う通り、万が一、爆弾を運び出されると大事になる。

ジレンマに奥歯を噛む。

と、百メートル先の角にくたびれたグレーのスーツを着た小柄な初老男性が姿を見せた。黒縁眼鏡を鼻先に引っかけ、猫背でとぼとぼと歩いている。その後ろに濃紺のスーツ姿の二人の屈強な男が歩いていた。

嶺藤は一瞬、男たちに目を留めたが、再び辺りを見回した。

待っているのは、堤と警官隊だ。

周囲に視線を巡らせていると、その男たちが近づいてきて、嶺藤の脇で止まった。小柄な初老の男は上目遣いにじっと嶺藤を見上げた。

「何でしょうか？」

嶺藤は笑みを作った。

「嶺藤君か？」

「そうですが……」

怪訝そうに眉をひそめる。

「刑組課の堤だ」

堤は内ポケットから身分証を出し、嶺藤に提示した。

嶺藤は身分証を覗き込んだ。間違いなく、堤繁《しげる》だった。後ろの屈強な男たちも身分証を提示したが、嶺藤の目線を確認すると、すぐに閉じた。

「警官隊は？」

嶺藤は辺りを見回す。が、それらしき人の群れはない。

「手配している。事が事なのでね。万全を期さなければ」

「そんなことを言っている場合じゃない！　日向さんは一人なんだ！　わかりました。僕が行きます」

嶺藤は日向のスマートフォンをランニングバッグに詰め込み、堤に突き出した。堤の代わりに、背後の男がバッグをひったくった。

乱暴な扱いだ。嶺藤は苛立ったが、そっぽを向き、局舎へ戻ろうとした。

背後にいたもう一人の男が堤の前に出て、嶺藤の肩をつかんだ。嶺藤は肩を回し、その手を振り払おうとした。が、男の手は離れない。

「日向さんを見殺しにするのか！」

堤を睨む。

堤は黒縁眼鏡の真ん中を指でくいっと押し上げた。

男が嶺藤の肩を引いた。嶺藤の身体が振り向く。瞬間、男の大きな拳が鳩尾にめり込んだ。嶺藤は目を剝いた。

「な、何を……」

再び、拳がめり込む。

嶺藤は喉を詰まらせ、涎《よだれ》を吐いた。意識が遠退き、膝が折れる。前のめりになった嶺藤を男が太い腕で支えた。

「どうしますか？」

「例の場所へ」

「日向巡査部長は？」

「私が処理する」

堤が言う。

男たちは嶺藤の両脇に肩を通し、急病人の介抱を装いつつ、その場を去った。

堤は眼鏡の縁からE5ゲートを見据えた。

6

地下三階フロアの明かりが点いた。

一瞬視界が飛ぶ。日向は、素早く手前の通路に転がり込んだ。大道具搬送用の巨大ワゴンの隙間から、エレベーターの方を見やる。車の前に、仲神たち三人の姿を認めた。

「日向！　私は逃げない！　出てこい！」

仲神の怒声が飛ぶ。

日向は様子を窺っていた。

「出てこい、日向！」

仲神は作業場の方へ戻ってきていた。榛名と坂入が必死に留めようとする。その手を振り払い、どんどん奥へ戻ってくる。

動ける仲間たちが、仲神の下へ寄っていく。二十人程度いた敵は十名ほどに減っていた。フロアに目を向ける。仲神の乱射で被弾した者が何人か倒れている。日向のすぐそばで銃弾を食らった男は仰向けになって胸元を押さえ、ひくひくと痙攣《けいれん》していた。

ダメかもしれんな……。

沈痛な面持ちで目を閉じる。

仲神が作業場まで戻ってきた。日向は敵の人数を確認した。仲神を取り囲むようにしているのは十一人。フロア全体に目を向ける。誰かが隠れている様子はない。

日向は一つ深呼吸をして立ち上がった。通路の陰から出て、姿を見せる。ゆっくりと真ん中まで歩き、やおら振り返り、仁王《におう》立《だ》ちで仲神を見つめる。

仲神も仲間を連れ、日向の下へ歩いてくる。二メートルほど手前で止まり、日向と対峙した。

「口汚い罵倒、ありがとう」

仲神は口角を上げた。が、双眸に笑みはない。

「正論の間違いじゃないか？」

日向も微笑みつつ、仲神を睨み据えた。

仲神は声を立てて笑った。

「正論か。君の正論など、取るに足りないものだ。我々クリムゾンの理念の下には」

「クリムゾン？」

「我々の組織の名前だ。いずれ、世界中に轟き、称賛を浴びる組織の名前だ」

「いいのか？　そんな話をして。俺はおまえらを追い詰めるぞ」

「生きていればな。坂入」

「はい」

坂入はスーツの内側に手を入れた。

日向は自然体で身構えた。

坂入の手には白い塊があった。それを、日向と仲神たちの間に放る。倒れ呻いている仲間の顔の横に落ちる。白い塊には、小さな黒いスティックが刺さっていた。先端が赤く光っている。スティックからはリード線が這っていた。

仲神もスーツに手を入れた。薔薇の柄が入ったジッポを取り出す。反対にして持ち、ライターの底部に親指を置いた。

日向の目元が強ばった。

「何をする気だ……」

仲神を見据える。

「君は一つ、勘違いをしている」

「何をだ」

「我々はクリムゾンのメンバーとなったその時から、命は捨てている」

「ではなぜ、逃げようとした？」

「革命後の未来を見たかったからだ。しかし、私の役割はここで尽きたようだ。それが私の運命なら、潔《いさぎよ》くこの命を捧げよう。未来のために」

仲神が言う。

日向は仲神の脇に並ぶ男たちを見た。榛名も坂入も他の男たちも、倒れている男たちすら、その言葉に動揺していない。むしろ、穏やかな表情に映る。

なんだ、こいつら……。

日向の背筋がぞくりとした。

「爆弾はどこへやった？」

「さあ。もう我々が知る必要はない。あとは同志に託した」

仲神はライターを握った右手を天に突き上げた。

日向は斜め後方へ走った。

「クリムゾンよ、永遠なれ！」

仲神が叫ぶ。

「クリムゾンよ、永遠なれ！」

周りの男たちが復唱した瞬間、閃光が走った。

日向の姿が青い光に包まれた——。

7

E5ゲートを見つめていた堤は、地鳴りを感じた。ずんとくぐもった鳴動《めいどう》が耳に届く。

周囲を歩いていた人や警備ボックスにいた警備員は、腰を落とし、頭を抱えた。

「逝《い》ったか……」

堤は内ポケットから携帯電話を取り出した。

開いて番号を選び、通話ボタンを押し、耳に当てる。

「……もしもし、私だ。仲神は自爆したようだ。すぐに手配を。日向？　わからんが、生きてはいないだろう。もし、生きていれば拘束し、嶺藤と同じ場所に監禁しておけ。五分で処理しろ」

堤は手短に命令し、通話を切った。

携帯を折りたたみ、E5ゲートをしばし見据え、黒縁眼鏡を指で押し上げて局舎に背を向けた。

8

豊洲タワータウンの共有ホールでは、告別式が行なわれていた。

祭壇には、日向の遺影が飾られていた。遺影の前の席には、黒いワンピースを着た実乃《みの》里《り》と七海《ななみ》が座っている。

実乃里の目の下のくまはひどく、憔悴《しょうすい》しきった様子だった。七海は、母の様子を気づかい、気丈に涙を堪《こら》え、唇を結んでいる。

実乃里は座ったまま、焼香客に挨拶をしていた。

菊谷や親しかったマンション住民は、実乃里にかける言葉も見つからず、焼香を済ませ、ホールを後にした。

里子と未羽《みう》は焼香を済ませ、実乃里たちに歩み寄った。未羽は七海の隣に座り、七海を見つめていた。里子は実乃里の脇に屈み、背中に手を当て、顔を覗き込んだ。

「実乃里さん、大丈夫？」

声をかける。

「警察官の妻だもの。覚悟はできてたよ」

実乃里は笑みを作りうなずく。が、その笑みも震え、たちまち下瞼《したまぶた》が涙で膨らみ、ハンカチで目を押さえた。

日向は非番でランニングをしていた時、顔なじみのレインボーテレビの警備員からトラブル報告を受け、局舎の地下三階にある美術制作部のフロアに一人で出向いた。

制作部スタッフの小競《こぜ》り合《あ》いが傷害事件に発展しそうだということだった。

フロアには、美術制作部部長の仲神一郎と副部長の坂入克彦《かつひこ》も駆けつけていた。

当日、制作部に搬出入はなく、制作部スタッフだけが地下のフロアに詰めていた。

仲神や坂入と共に、日向も仲裁にあたっていたが、その時、不慮の爆発事故が起きた。

東京臨海中央署の検証では、揮発性塗料の缶に十分蓋がされず、空調機も故障していて、室内にガスが充満していた上に、作業時に飛び散った粉塵《ふんじん》がフロアを満たしていた。それに、何らかの原因で引火し、ガスと粉塵の同時爆発が起きたと結論付けられた。

爆発は、フロアの天井を焼き尽くすほど凄まじいものだったようで、爆炎爆風で現場は惨憺《さんたん》たる状況と化していた。焼け焦げた遺体にまともなものはただの一つもなく、日向の遺体も発見されていない。

ただ、状況から見て、全員死亡と、警察は発表した。

「ご遺体も見つかっていないんですって？」

「そうなの……。今、鑑識の方が懸命に捜してくれてる……」

実乃里は合間に嗚咽を挟みつつ、話す。

「そういえば、亮君は見つかったの？」

実乃里は里子を見た。

里子はうつむいて、首を横に振った。

「なぜ、こんなことになるんだろう、私たち……。何をしたというの……」

実乃里が呟く。

里子は実乃里を抱き締めた。

実乃里と里子は、互いの肩に顔を埋め、声を押し殺して泣いた。

エピローグ

　レインボーテレビ臨海第二スタジオ一階の美術搬出入ゲートには、次から次にトラックが出入りしていた。

「はーい、バックバックバック……ストップ！」

　黒いトラックがバックで入ってきた。

　警備を担当している村重拓海《むらしげたくみ》はタブレットを手に持って、入ってきたトラックに近づいた。

　ドライバーが降りてくる。Tシャツをまくっている。日に灼《や》けた右上腕部に、薔薇のタトゥーを入れている。ドライバーは搬入許可証と伝票を差し出した。

「花音《カノン》アートの植月《うえつき》さんね」

　伝票とタブレットに表示されている搬入予定を確認する。

「しかし、今日は花音さんのトラックばかりだな」

村重は、黒いトラックのサイドボディーに目を向けた。社名の前にシルバーの薔薇のロゴが記されている。

「おかげさまで、儲けさせてもらってます」

植月は笑った。前歯が一本欠けている。

「荷台、確認させてもらいますよ」

「どうぞ」

植月と村重は、リヤに回った。

アルミ製のドアを開く。

中には、箱を埋め尽くさんばかりの白い粘土の塊が鎮座していた。

「なんですか、これは?」

「伝票通り、プラスチック粘土ですよ」

「こんなに大量に? 何に使うのかな……」

「さあ。でっかいオブジェでも造るつもりじゃないですかね?」

植月が言う。

「ん、ここは?」

村重は右端に目を留めた。手で千切《ちぎ》られたような跡の下に、ブロック状に切り取られた跡がある。

「ああ、荷台に積む時に、ちょっとフォークリフトのつめを引っかけちまって。なんとかごまかそうとしたら、手で千切ってしまったんですよ。担当の駿河《するが》さんには、電話で事情を話して謝っておきました」

「なら、いいけど……」

村重は、じろじろと白い塊を見つめた。箱の奥へ進み、中身を丁寧に確認する。植月も後ろからついていった。

「もう、いいですか？」

植月が訊く。

「いや、もう少し待ってください」

「まだ、何か？」

「プラスチック粘土やドラム缶のような金属の筒は、爆発物検査をするようにと言われているんです」

「これが爆弾って言うんですか？　こんなデカいのが？」

植月は眉尻を下げ、呆れ笑いをした。

「そんなわけはないと思うけどね。一応、規則なので」

「どうしても、ですか？」

右手を後ろに回す。

「どうしてもです」

村重は振り返って、植月をまっすぐ見つめた。

「そうですか……」

植月はケースに差したナイフのグリップを握る。

その時、背後から声がかかった。

「お疲れさま、植月さん」

大塚理沙だった。さりげなく右手の甲を上げる。

植月は、シルバーの薔薇の指輪に目を留めた。

理沙を見て、小さくうなずき、手を引っ込める。

「村重さん、どうかなさいました？」

「このプラスチック粘土なんですが――」

「それは展示スペースのクッションに使うものです。すぐに使いたいので搬入させていただけませんか」

「しかしですね……」

「何かあれば、私が全責任を負いますので」

「……そこまで言うなら。わかりました」

村重は渋々承知し、伝票に確認サインをして荷台から降りた。

理沙は、村重の背を見送ると、植月の耳元に顔を寄せた。

「体制の犬は、仲神が処分した。次のステージに移る。同志に伝達を」

植月が深くうなずく。

理沙はうっすらと微笑んだ。

本書は書き下ろしです。また、この作品はフィクションであり、実在する個人、団体等とは一切関係ありません。

中公文庫

リンクス

2014年8月25日　初版発行

著　者　矢《や》月《づき》　秀《しゅう》作《さく》

発行者　大橋　善光

発行所　中央公論新社
〒104-8320　東京都中央区京橋2-8-7
電話　販売 03-3563-1431　編集 03-3563-2039
URL http://www.chuko.co.jp/

ＤＴＰ　柳田麻里
印　刷　三晃印刷
製　本　小泉製本

Published by CHUOKORON-SHINSHA, INC.
Printed in Japan　ISBN978-4-12-205998-6 C1193

定価はカバーに表示してあります。落丁本・乱丁本はお手数ですが小社販売部宛お送り下さい。送料小社負担にてお取り替えいたします。

中公文庫既刊より

や-53-1 もぐら 矢月秀作
こいつの強さは規格外――。警視庁組織犯罪対策部を辞し、ただ一人悪に立ち向かう「もぐら」こと影野竜司。最凶に危険な男が暴れる、長編ハード・アクション。
205626-8

や-53-2 もぐら 讐 矢月秀作
警視庁に聖戦布告！ 影野竜司が服役する刑務所が爆破され、獄中で目覚める〝もぐら〟の本性――超法規的、過激な男たちが暴れ回る、長編ハード・アクション第二弾！
205655-8

や-53-3 もぐら 乱 矢月秀作
女神よりも美しく、軍隊よりも強い――次なる敵は、中国の暗殺団・三美神。影野竜司が新設された警視庁特務班とともに暴れ回る、長編ハード・アクション第三弾。
205679-4

や-53-4 もぐら 醒 矢月秀作
死ぬほど楽しい殺人ゲーム――姿なき主宰者の目的は、復讐か、それとも快楽か。凶行を繰り返す敵との、超法規的な闘いが始まる。シリーズ第四弾！
205704-3

や-53-5 もぐら 闘 矢月秀作
新宿の高層ビルで発生した爆破事件。爆心部にいた被害者は、iPS細胞の研究員だった。新細胞開発に蠢く闇に迫る！ シリーズ第五弾。
205731-9

や-53-6 もぐら 戒 矢月秀作
首都崩壊の危機！ 竜司の恋人は爆弾とともに巻き付けられ、警視庁にはロケット弾が打ち込まれた。国家を、そして愛する者を救え――シリーズ第六弾。
205755-5

や-53-7 もぐら 凱（上） 矢月秀作
勝ち残った奴が人類最強――。首都騒乱の同時多発テロから一年。さらに戦闘力をアップしたシリーズ史上最強の敵が襲いかかる！ 〝もぐら〟最後の闘い。
205854-5

各書目の下段の数字はISBNコードです。978－4－12が省略してあります。

や-53-8
もぐら凱（下）
矢月秀作
勝利か、死か――。戦友たちが次々に倒されるなか、遂に〝もぐら〟が東京上陸。日本全土を恐慌に陥れる謎の軍団との最終決戦へ！　野獣の伝説、ここに完結。
205855-2

こ-40-16
切り札　トランプ・フォース
今野　敏
対テロ国際特殊部隊「トランプ・フォース」に加わった元商社マン、佐竹竜。なぜ、いかにして彼はその生き方を選んだか。男の覚悟を描く重量級バトル・アクション第一弾。
205351-9

こ-40-17
戦場　トランプ・フォース
今野　敏
中央アメリカの軍事国家・マヌエリアで、日本商社の支社長が誘拐された。トランプ・フォースが救出に向かうが、密林の奥には思わぬ陰謀が⁉　シリーズ第二弾。
205361-8

さ-65-1
フェイスレス　警視庁墨田署刑事課　特命担当・一柳美結
沢村　鐵
大学構内で爆破事件が発生した。現場に急行する墨田署の一柳美結刑事。しかし、事件は意外な展開を見せ、さらなる凶悪事件へと……。文庫書き下ろし。
205804-0

さ-65-2
スカイハイ　警視庁墨田署刑事課　特命担当・一柳美結2
沢村　鐵
巨大都市・東京を瞬く間にマヒさせた〝C〟の目的、正体とは⁉　警察の威信をかけた天空の戦いが、いま始まる‼　書き下ろし警察小説シリーズ第二弾。
205845-3

さ-65-3
ネメシス　警視庁墨田署刑事課　特命担当・一柳美結3
沢村　鐵
人類救済のための殺人は許されるのか⁉　日本警察、そして一柳美結刑事たちが選んだ道は？　空前のスケールで描く、書き下ろしシリーズ第三弾‼
205901-6

さ-65-4
シュラ　警視庁墨田署刑事課　特命担当・一柳美結4
沢村　鐵
八年前に家族を殺した犯人の正体を知った美結は、復讐鬼と化し、警察から離脱。人類最悪の犯罪者と対峙する日本警察に勝機はあるのか⁉　シリーズ完結篇。
205989-4

と-26-9
SRO I　警視庁広域捜査専任特別調査室
富樫倫太郎
七名の小所帯に、警視長以下キャリアが五名。管轄を越えた花形部署のはずが――。警察組織の盲点を衝く、連続殺人犯を追え！　新時代警察小説の登場。
205393-9

各書目の下段の数字はISBNコードです。978－4－12が省略してあります。

と-26-10
SRO Ⅱ 死の天使　富樫倫太郎
死を願ったのち亡くなる患者たち、解雇された看護師、病院内でささやかれる『死の天使』の噂。SRO対連続殺人犯の行方は。待望のシリーズ第二弾！ 書き下ろし長篇。
205427-1

と-26-11
SRO Ⅲ キラークィーン　富樫倫太郎
SRO対〝最凶の連続殺人犯〟、因縁の対決再び!! 東京地検へ向かう道中、近藤房子を乗せた護送車は裏道へ誘導され——。大好評シリーズ第三弾、書き下ろし長篇。
205453-0

と-26-12
SRO Ⅳ 黒い羊　富樫倫太郎
SROに初めての協力要請が届く。自らの家族四人を殺害して医療少年院に収容され、六年後に退院した少年が行方不明になったというのだが——書き下ろし長篇。
205573-5

と-26-19
SRO Ⅴ ボディーファーム　富樫倫太郎
最凶の連続殺人犯が再び覚醒。残虐な殺人を繰り返し、日本中を恐怖に陥れる。焦った警視庁上層部は、SROの副室長を囮に逮捕を目指すのだが——。書き下ろし長篇。
205767-8

ほ-17-1
ジウⅠ 警視庁特殊犯捜査係　誉田哲也
都内で人質籠城事件が発生、警視庁の捜査一課特殊犯捜査係〈SIT〉も出動するが、それは巨大な事件の序章に過ぎなかった！ 警察小説に新たなる二人のヒロイン誕生!!
205082-2

ほ-17-2
ジウⅡ 警視庁特殊急襲部隊　誉田哲也
誘拐事件は解決したかに見えたが、依然として黒幕・ジウの正体は摑めない。捜査本部で事件を追う美咲。一方、特進をはたした基子の前には謎の男が！ シリーズ第二弾。
205106-5

ほ-17-3
ジウⅢ 新世界秩序　誉田哲也
〈新世界秩序〉を唱えるミヤジと象徴の如く佇むジウ。彼らの狙いは何なのか？ ジウを追う美咲と東は、想像を絶する基子の姿を目撃し……!? シリーズ完結篇。
205118-8

ほ-17-7
歌舞伎町セブン　誉田哲也
『ジウ』の歌舞伎町封鎖事件から六年。再び迫る脅威から街を守るため、密かに立ち上がる者たちがいた。戦慄のダークヒーロー小説！〈解説〉安東能明
205838-5